AF424838

La diligence

Un roman Western

Richard G. Hole

Far West

La diligence du Missouri se composait de quatre vieux véhicules, gros, lourds, décolorés, mais lourdement blindés,

Deux voitures ont fait l'aller, tandis que les deux autres ont fait le retour, qui a duré une semaine.

Le nom de la ligne était dû au fait que les voitures circulaient parallèlement à la rivière Missouri pendant la moitié de leur voyage et que l'autre moitié traversait la vallée, laissant la rivière sur la gauche alors qu'elles avançaient vers la ligne de partage.

La diligence est une histoire appartenant à la collection Far West, une collection de romans développés dans le Far West américain.

LA DILIGENCE

UN HOMME D'AFFAIRES

Le Missouri Stagecoach, le nom sous lequel il était connu dans la région, était un quatuor de véhicules anciens, gros, lourds, décolorés, mais lourdement blindés, qui faisaient le trajet depuis presque le centre du Nebraska, au départ de Dunning, pour terminer le voyage à Marsland , à deux cents milles du point de départ et déjà presque à la limite de la région, à cinquante milles par le nord du Dakota du Sud et cinquante autres par l'ouest du Wyoming.

Deux voitures ont fait le voyage aller, tandis que les deux autres ont fait le voyage de retour, qui a duré une semaine, et le nom de la ligne était dû au fait que les voitures circulaient parallèlement à la rivière Missouri pendant la moitié de leur voyage et l'autre moitié puis ils traversèrent la vallée, laissant la rivière à gauche tandis qu'ils avançaient vers la ligne de partage.

Une partie du trajet semblait presque inutile pour le faire en suivant la ligne de chemin de fer, qui suivait le même itinéraire jusqu'à Sénèque, mais là, la ligne de chemin de fer descendait en s'éloignant d'un secteur assez peuplé et la diligence compensait ce manque, mettant en communication, avec le reste de l'État, aux villes dispersées dans ce morceau de vallée.

Plus au nord, à une vingtaine de milles, une autre rivière, la Northern Lupp, coulait parallèlement au cours du Missouri, mais toutes deux moururent au milieu de la ligne et ne trouvèrent plus de cours d'eau que d'atteindre la Niobrara, qui traversait précisément à Marsland où la diligence est morte.

Les mardis et samedis en milieu d'après-midi, comme s'il s'agissait d'une chose chronométrée, l'une des deux diligences qui montaient vers le Nord-Ouest traversait Nirvay, et les lundis et vendredis celles qui descendaient en tête de file le faisaient.

Nirvay, ville proche du chemin de fer et à une courte distance du Missouri, était une ville assez discrète, avec quelques bâtiments en briques, comme l'hôtel de ville, la poste, et le Banco Ganadero et, en général, ses maisons étaient propres et attractif. ses rues moins poussiéreuses que celles de nombreuses villes de la région et ses habitants travailleurs et industrieux.

Il y avait deux importantes scieries de bois dans la ville qui fournissaient un bon contingent d'ouvriers, plusieurs fermes bien tenues qui travaillaient du fromage, du beurre et d'autres produits, de nombreux magasins de toutes sortes, et dans la partie de la vallée, d'importants ranchs.

Le chemin de fer et le fleuve ont fait de Nirvay une ville à fort trafic commercial et, par conséquent, le Banco Ganadero bénéficiait d'un excellent crédit et d'un mouvement de fonds inhabituel.

La banque a été fondée par Alfred Hamson, avec deux autres partenaires nommés Smith et Ariliss, qui ont constitué le nom de l'entreprise pendant un certain temps, mais plus tard, Hamson a réussi à contourner le partenariat, en conservant les actions de ses collègues.

Et il était le directeur général et propriétaire, sans autre tutelle qu'un conseil d'administration nommé par lui parmi quelques habitants de la commune, qui se réunissait deux fois par an, approuvait les comptes compliqués que Hamson leur mettait sous les yeux sans rien y comprendre, et plus tard, ils se réunissaient pour manger avec le directeur de la propriété, passant une journée heureuse et heureuse et recevant les allocations semestrielles qui leur étaient attribuées pour leur petit travail.

Ils avaient tous une grande confiance en Alfred Hamson. Il avait été éleveur jusqu'à il y a deux ans, qui a vendu le ranch à un voisin, se retirant dans la vie privée pour profiter de ses avantages bien mérités.

Hamson s'est réfugié dans une belle maison de campagne qui avait été construite dans la vallée, à une courte distance de la ville, et chaque jour, ponctuellement, il descendait à la banque dans son cabriolet pour s'occuper de son administration, avec les trois employés qu'il avait sous ses ordres.

C'est lui qui résolvait tous les problèmes financiers, qui autorisait ou refusait les prêts sur la terre, le bétail, les fermes et les cultures, et qui, personnellement, dirigeait le mouvement bancaire, tandis que ses dépendants étaient relégués aux fonctions bureaucratiques de l'entreprise.

Mais Hamson ne pouvait pas se contenter d'un travail aussi lent. Il est vrai que la Banque devait faire un profit raisonnable sur son mouvement, mais l'argent qui se trouvait dans les caisses ne produisait pas logiquement.

Et Hamson spécula avec lui, étudiant le marché boursier, apportant des sommes raisonnables aux marchés de la laine et du blé, acquérant ou vendant des parts dans les chemins de fer, les cascades, les entreprises de construction de la région, et cette contribution servit à l'élargissement de la vallée et, à en même temps, pour augmenter les profits de la Banque, qui étaient les siens.

Avant de vendre le ranch, il était resté veuf avec une fille unique comme héritière. Sylvia était une fille blonde, de bonne taille, souple comme un palmier et aux traits gracieux.

Son père l'a emmenée faire ses études dans un collège de Hastings il y a trois ans, pour diverses raisons qui mélangeaient la commodité, la sentimentalité et la fierté d'avoir une fille qui se démarque des autres filles de la localité.

Hamson ne l'aurait peut-être pas fait, en recourant simplement aux services privés de l'instituteur du village, si plusieurs facteurs entremêlés ne l'avaient pas obligé à s'inquiéter pour Sylvia plus intensément qu'à l'habitude.

Lorsque la mère de la jeune femme est décédée, elle avait dix-huit ans, et bien qu'elle soit allée à l'école en apprenant certaines matières préliminaires, ses tendances n'étaient pas à l'étalage et au conditionnement. Il avait grandi au ranch parmi les cow-boys et c'était une vie simple, sans complications, qui lui donnait une liberté presque absolue lorsqu'il montait à cheval et se perdait dans les pâturages ou le paysage, loin de tout contrôle parental.

Cela a conduit Sylvia à cultiver de manière alarmante, selon les critères de son père, l'amitié avec Frank Neil, un garçon gentil, séduisant, indiscipliné et sans jugement, qui était devenu membre de l'équipe du ranch, car c'est ainsi qu'il avait a plaidé Hamson, Ted Neil, le père du garçon et propriétaire de l'un des principaux entrepôts de Nirvay.

Le dimanche, Sylvia descendait au village à cheval, laissait sa monture sur la place et passait l'après-midi au bal, où Frank l'attendait avec impatience, et sans se soucier des commentaires que pouvait provoquer une telle amitié, ils s'accaparaient l'un l'autre. danser tout le temps. l'après-midi sans cesse, consacré à la plus heureuse des causeries. Certains samedis après-midi, il l'attendait loin du ranch et tous deux, à cheval, s'en allaient dans la vallée, marchant et s'arrêtant pour pique-niquer au pied d'un ruisseau et à l'ombre des arbres, ne revenant pas jusqu'à ce que le soleil commence à descendre dans la ligne. ravin des montagnes lointaines.

Frank l'accompagnait discrètement dans les environs du ranch, puis, il se rendrait en ville sans que cette amitié et ces entretiens soient connus de Hamson.

Mais un jour, quelqu'un est venu le voir avec l'histoire et Alfred a crié au ciel. Il ne pensait pas qu'il y avait quelque chose entre eux au-delà d'une simple amitié, mais il devait empêcher ces relations de prendre d'autres vols immédiatement. Il ne s'arrêtait pas pour juger que Frank était un garçon meilleur ou pire que les autres qui hantaient sa fille. Il a seulement pris en considération qu'elle était sa fille, la fille d'un éleveur, propriétaire du Banco Ganadero dans la ville, et que Frank n'était qu'un ouvrier dans son ranch, déjà beaucoup le concèdent, le fils d'un épicier qui possédait une bonne magasin, mais rien qui soit en parallèle avec sa lignée et sa richesse.

Furieux, il réprimanda Frank pour son audace à courtiser sa fille et le renvoya du ranch, le menaçant de graves représailles s'il découvrait à nouveau qu'il avait affaire à elle ; et il a magnifiquement sermonné sa fille pour sa petite tête et sa dignité en cultivant une amitié indigne de sa position.

Aucun d'eux ne semblait accorder beaucoup d'importance à la colère d'Alfred, et en secret ils se virent quelques fois, mais Hamson, qui avait fait surveiller sa fille, découvrit les nouvelles interviews et décida de les couper. Il envoya sa fille dans un collège à Hastings, lui faisant comprendre que la fille d'un banquier devait avoir une éducation soignée ; et non satisfait de cela, il a essayé de chasser Frank à la limite.

Valide de sa position, il a supplié d'une manière qui, plus que je ne le prie, était une menace, pour tous les éleveurs et agriculteurs des environs de ne pas faciliter le travail de Frank, et comme il était commode pour tous d'être en bonne termes avec le propriétaire de la Banque, puisqu'ils avaient eu maintes fois besoin de son amitié et de ses affaires, personne n'osait l'admettre dans leurs domaines.

Frank aurait pu se réfugier dans l'entrepôt de son père, qui avait beaucoup besoin de ses services, mais le garçon n'était pas né pour être commerçant, et s'ennuyait parce qu'il ne trouvait pas de travail et désespéré parce que Sylvia avait disparu du village, une jour, il est monté à cheval et il a également disparu, se dirigeant vers Hastings, dans l'espoir fou qu'il pourrait voir Sylvia, mais les règles sévères de l'école, augmentées par les prédictions de Hamson, ont déjoué sa tentative.

Plus désespéré encore de cet échec, il quitte la capitale et se perd en Occident, déterminé à oublier et à faire son chemin.

Juste disparu, un événement peu clair s'est produit au ranch de Hamson. Plusieurs bovins manquaient à l'appel et, selon les rumeurs que le banquier avait circulées, ses hommes avaient reconnu Frank parmi les éleveurs.

La rumeur, l'affirmation de l'un des ouvriers du ranch et l'influence de Hamson, ont donné des signes de vérité à l'affaire, et Frank, non seulement a été interrogé, mais aussi exposé à être arrêté et jugé comme marchand de bétail s'il retournait en ville. .

Des mois plus tard, il écrivit à son père du Nevada. Ted, qui a eu une grave altercation avec Hamson en raison de l'accusation portée contre son fils, lui a écrit pour lui rendre compte de ce qui s'est passé et le prier de s'abstenir de revenir à un moment donné, car l'influence du banquier pourrait le conduire en prison.

Frank répondit très laconiquement à son père. Il lui a dit dans la lettre que Sylvia n'était pas là, qu'elle n'avait aucun intérêt à y retourner, mais que si un jour elle décidait de le faire, elle prendrait Hamson par le cou et le tordrait jusqu'à ce qu'il avoue que le vol du le bétail était une affaire. calomnie.

Ted a paniqué. Il connaissait bien son fils ; Il avait bon goût, travailleur et décent, mais il avait aussi un goût impulsif et ravi quand il perdait le contrôle de ses nerfs et il ne doutait pas que cette menace serait mise à exécution sans s'arrêter pour réfléchir aux conséquences.

Mais le temps passait.

Hamson était à l'aise sans Sylvia, qui ne gênait pas ses mouvements, et pendant trois ans il se borna à faire quelques voyages à Hastings pour rendre une visite de compliment à sa fille et retourner à sa banque.

Jusqu'à son dernier voyage, elle a subi un terrible dégoût quand Sylvia lui a dit qu'elle se considérait comme assez instruite pour une ville comme Nirvay et que quand les vacances viendraient, elle retournerait en ville pour ne pas retourner à l'école.

Hamson a dû accepter. Sylvia était vraiment une femme à part entière et une combinaison financière entrait dans les calculs du banquier, dans laquelle Dennis Powell, fils d'un riche éleveur, titulaire de compte dans sa banque et homme qui pourrait être idéal pour lui, allait joue un rôle important. certaines grandes entreprises qu'il préparait.

Hamson a accepté. Sylvia est retournée au village et tout le monde l'a trouvée inconnue.

Elle avait un peu grandi, était plus stylisée et plus jolie, et ses airs étaient maintenant d'une élégance qui faisait envie aux autres filles de Nirvay.

Sylvia fut la première surprise par son propre changement, car lorsqu'elle se revit dans sa ville natale, elle observa à quel point les autres jeunes femmes se détachaient d'elle dans le sens inférieur et les garçons semblaient tous plus grossiers, plus ordinaires et moins dignes d'elle. Amitié. et j'essaye.

Frank a dû être effacé de sa mémoire, ou du moins il n'a fait aucune allusion à lui, et oubliant sa vieille camaraderie et sa simplicité, il s'est séparé des fêtes populaires, des amitiés vulgaires et a dû se réduire à alterner dans les réunions du juge. , le maire ou le notaire et assister au bal que le Conseil municipal a célébré à l'occasion de la fête de l'Indépendance,

Lorsqu'elle dépassait les vieux pions de son père, lorsqu'elle les passait à cheval, elle les saluait hautainement d'un léger hochement de tête et, peu à peu, tout le cercle d'amitiés et d'affections qu'elle avait en partant s'effaçait dans sa nouvelle vie.

Cela l'a fait s'ennuyer d'une manière retentissante. Leurs divertissements consistaient à visiter la ville, à visiter les trois ou quatre demeures des personnages les plus en vue de la ville, à faire de grandes promenades à cheval et à assister à l'un des divers rodéos qui se déroulaient dans la vallée.

Hamson a observé ce changement chez sa fille avec plaisir, ainsi que découvert son expression d'ennui et d'ennui, et estimant que l'environnement était propice à ses plans, il a donné à Dennis la belligérance, l'invitant plusieurs fois à manger et parfois à une partie de pêche du dimanche. dans le Missouri.

Dennis était un beau garçon, on ne pouvait pas le nier. Grand et bien bâti, il travaillait peu, car son père ne lui avait confié que les livres de ferme sans lui permettre d'y exercer des fonctions grossières et manuelles, ce qui signifiait que ses mains étaient bien soignées, que sa peau n'apparaissait pas. bronzé par le soleil. et l'air et qu'il pouvait s'habiller quotidiennement avec plus d'élégance que le reste de ses voisins.

Hamson a laissé entendre à Sylvia à quel point une éventuelle union d'entre eux serait pratique pour les deux familles et la jeune femme, peut-être convaincu d'une telle raison, peut-être par ennui, peut-être à cause de l'oubli de souvenirs presque morts à cet égard, ou peut-être à cause de l'indifférence familiale. et l'obéissance, ne l'a pas mis. tout obstacle à une éventuelle parade nuptiale. Et celui-ci est arrivé doux et froid. Un jour Dennis, qui a également été harcelé par son père en lui faisant voir le bon jeu que Sylvia voulait dire, lui a proposé et elle a accepté comme celle qui accepte une invitation à un rodéo.

La vanité du jeune Dennis était remplie d'acceptation. A partir de ce moment, il sera considéré comme le jeune homme le plus important de la ville, éclipsant les fils bruyants des éleveurs voisins, qui, parce que leurs parents avaient de bonnes affaires, se considéraient comme des hommes privilégiés à Nirvay.

Lui, en plus de prendre la plus belle fille, la mieux éduquée et la plus élevée de la ville, menaça de convertir ce mariage en l'homme le plus important de la région, car son beau-père, tôt ou tard, se retirer de la vie active des affaires en le nommant directeur général de la Banque, ce qui revenait à mettre entre ses mains et ses pieds tous les industriels et commerçants d'un rayon de cent milles à la ronde.

Hamson n'était pas concerné par la vanité de son futur gendre ou même par ses aspirations délirantes. Ses projets étaient plus grandioses et englobaient des limites insoupçonnées et si Dennis rêvait de le supplanter dans ses fonctions et de s'emparer de cette autorité omniprésente qu'il possédait, il allait devoir attendre de nombreuses années ; autant que Hamson en avait quitté pour vivre.

Pour lui, le mariage de sa fille était un mouvement boursier. Si elle était contente et heureuse, tant mieux, et sinon... Elle se consolerait de l'échec. Il y avait bien des manières de régler cette affaire par la suite si elle se présentait, mais lorsqu'il a réalisé les grandes affaires qu'il envisageait et que cela ne l'amènerait pas à profiter de la mairie de Nirvay, ce qui est méprisable pour lui, mais ils faire de lui un député ou un sénateur de l'Etat.

CHAPITRE II

Ce samedi-là ; Contre son habitude, comme il ne se rendait jamais à son bureau à la Banque le samedi après-midi, Hamson y passait toute la journée. Il s'était fait servir un repas frugal dans une taverne de la ville et seul, sans l'aide d'un employé, s'était livré à certaines manipulations d'une grande importance pour l'entreprise.

La diligence du Missouri arriverait vers quatre heures, et une heure plus tard, lorsqu'elle ramassait le courrier et les quelques voyageurs qui ont quitté la ville samedi après-midi, elle continuerait vers le nord-ouest et dans laquelle elle devait envoyer un sac volumineux qu'il avait manipulé sans que personne n'intervienne dans l'opération.

Lorsque la diligence arriva et livra le sac, il avait tout préparé pour quitter Nirvay et bien que sa fille lui ait demandé de l'emmener avec elle, il refusa catégoriquement, affirmant qu'il allait traiter secrètement d'une affaire de grande importance commerciale et que la personne avec qui il avait affaire ne voulait pas qu'on sache qu'elle était en négociations, au cas où quelqu'un soupçonnerait la raison et la devancerait.

"C'est quelque chose de grand, Sylvia", assura-t-il, "quelque chose qui va compléter ma position et la vôtre. Le jour où les gens de la vallée et même au-delà, le sauront, non seulement ils vont être étonnés, mais certains vont s'arracher les cheveux quand ils voient que moi, plus modeste qu'eux, je leur ai pris un gros business.

Et sans vouloir en rajouter, il a fortement recommandé à sa fille de passer un bon dimanche avec Dennis et de se rendre à la banque où elle est restée jusqu'à un peu avant quatre heures.

A cette heure-là, il avait en ordre un volumineux sac de cuir épais qui pesait un peu. Il avait été attaché avec un fil solide, les extrémités attrapées avec un plomb qui avait été écrasé comme un sceau, puis un énorme sceau de cire avec ses initiales imbriquées servait de double garantie qu'il ne pourrait pas être ouvert en toute impunité.

Il la laissa dans son bureau fermé à clé et, traversant la place, il se rendit à la Casa de Postas, qui était à son tour un bureau de poste.

Le chef le salua servilement et Hamson, lui faisant signe, lui chuchota à l'oreille :

« Je dois vous parler, monsieur Caster.

Ce dernier lui offrit sa charge, et maintenant, tous deux seuls, le banquier demanda :

« Le contremaître de la diligence qui arrivera dans quelques minutes est-il digne de confiance ?

« Beaucoup, monsieur Hamson. C'est à propos du vieux Jasper. Il fait la tournée depuis sept ans et il n'y a jamais eu la moindre plainte à son sujet. Vous ne le connaissez pas ?

« À vue, mais je n'ai pas de rapports, et je suis satisfait des rapports que vous fournissez. Alors, pensez-vous qu'on peut vous faire confiance pour quoi que ce soit ?

« Sans crainte d'aucune sorte.

"Eh bien. Je dois faire un envoi risqué et il n'y a pas d'autre solution que de lui faire confiance. Un sac en cuir contenant cinquante mille dollars doit sortir d'ici aujourd'hui. C'est un transfert que je dois faire à la Marsland Livestock Bank, sans délai. Ladite banque a payé ce montant sur mes commandes à quelques éleveurs là-bas, confiant en ma solvabilité et j'ai solennellement promis que l'argent sortirait d'ici dans la diligence d'aujourd'hui. Si ce n'était pas le cas, mon crédit serait compromis et vous serez en charge de ce que cela signifie pour une entreprise bancaire de l'importance de la mienne.

"Bien sûr que je suis responsable", a déclaré le patron, "mais je ne pense pas qu'il y ait d'objection à son départ. Je vais parler à Jasper et lui faire savoir l'importance du contenu, sans lui donner un chiffre de Ce n'est pas pour rien, mais recommander que le contenu ait de la valeur suffira.

"Très bien. Je dois me confier à lui, mais je ne veux pas que cela transcende. L'endroit n'est pas dangereux, il y a eu peu de cas de braquages par ici, mais la file est longue, il y a des endroits favorables et je Je ne suis pas calme, je suppose que dans la scène il y aura un endroit approprié pour cacher le sac à la vue de tous.

"Oui. Le siège de Jasper est creux. Le couvercle est levé et à l'intérieur, en dessous, il sera caché.

« Magnifique… Maintenant… la question des voyageurs. Beaucoup sortent sur scène ?

"Pas aujourd'hui. Comme vous le savez, les samedis et dimanches c'est très animé et les gens au lieu de partir d'ici, venez. Je n'ai expédié que trois billets. Une femme âgée va partir, qui va à Rita Park pour rencontrer une nièce qui se mariée, la fille d'un paysan de la vallée, qui descendra avant d'atteindre la première ville proche de la ferme, où elle travaille, et une jeune femme qui se rend à Sénèque... C'est tout.

« C'est dommage qu'un cow-boy ne voyage pas aussi. Un homme avec un revolver à la ceinture est une garantie si quelque chose se passe sur la route.

« Que va-t-il se passer, monsieur Hamson ? « Je ne sais pas, mais vous comprendrez que lorsque vous devez faire confiance au hasard à un tel montant, vous n'êtes pas à l'aise tant que vous ne le savez pas à destinâtion. Vous rendez-vous compte de ce qu'un tel coup signifierait pour moi et pour tous mes clients ? Cela me fait dresser les cheveux en y pensant.

"Je comprends.

« S'il y avait au moins un chemin de fer vers Marsland, je serais plus à l'aise. Un train ne se vole pas si facilement et le wagon postal est plus sûr. Elle est soignée par des hommes armés qui sauraient la défendre en tirant ; mais une diligence c'est bien pire... Par contre, je n'ai même pas la consolation de pouvoir aller en personne garder le sac. Non pas que je crée un héros.

« Je n'ai pas fait d'exercice avec un poulain à la main depuis longtemps, et mes années m'ont gâté le pouls. La plume a vaincu les armes, mais je me considère toujours avec des arrestations pour défendre ce qui m'est confié jusqu'à ce que je meure un revolver à la main.

« Je l'aurais fait si l'envoi n'était pas si urgent, mais il y a huit jours de voyage entre aller-retour, huit jours que je ne peux pas quitter la Banque et, par contre, dès que je livre le sac, je dois aller célébrer une interview importante avec un certain personnage.

« Quelque chose de grand, monsieur Caster ! Quelque chose que lorsque le résultat sera connu, toute la vallée tremblera d'excitation et de joie ! Je suis comme ça, mon ami, je travaille pour moi et pour la localité et un jour mes voisins se rendront compte exactement des sacrifices que je fais pour la ville et pour toute la vallée. Je ne suis pas égoïste, je me rends compte des nombreux besoins de la région et je veux être un père pour tous. S'ils veulent le reconnaître tôt ou tard, tant mieux, et sinon... Je me retirerai blessé, mais avec la satisfaction d'avoir rempli un devoir de citoyen.

"Oh, bien sûr!" répondit le chef. Vous avez fait beaucoup pour tout le monde. La création de la Banque a été un succès. Vous n'êtes pas obligé de garder de l'argent à la maison avec une exposition, ou de l'envoyer avec une exposition à l'extérieur. D'un autre côté, vous aidez les personnes dans le besoin, vous leur prêtez de l'argent pour du bétail, de la laine, des cultures, des terres...

« C'est ce que je veux que vous reconnaissiez. Bien sûr que je facture des intérêts, et certains élevés, et que j'exige de solides garanties, et même parfois j'ai été contraint d'exécuter des reprises de possession, mais mon ami, je le fais avec une grande douleur dans mon cœur, car cet argent n'est pas à moi, c'est à vous, ceux qui l'ont déposé dans ma banque avec ma garantie d'honnête homme. Sinon, comment pourrais-je le garantir et donner un intérêt modeste sur le dépôt ? C'est clair, même si les personnes concernées ne le comprennent pas.

Soudain, il coupa son baratin et examina sa montre, déclenchant un mouvement d'impatience :

"Diable !" Il murmura. Quatre heures et quart et la diligence n'arrive pas ! C'est un autre revers. Il arrive toujours assez en avance et aujourd'hui que j'ai les minutes notées il est retardé. C'est de la malchance !

« Cela ne doit plus être long maintenant, monsieur Hamson. Ce n'est qu'un quart d'heure que l'on retarde... Toute panne...

"Mais c'est dommage, ami Caster, je dois sortir d'ici tout de suite...

Il quitta le bureau et sortit sur la place. A droite, le chemin poussiéreux de la route était dégagé de tout véhicule.

Hamson franchit la porte du bureau de poste, les mains derrière le dos, marchant et fixant continuellement la route, jusqu'à ce qu'enfin un nuage de poussière s'élève au loin.

— Ça doit être ça, murmura-t-il. Il a quarante minutes de retard.

Enfin, au milieu de la poussière qui brouillait la lourde voiture et du tintement des cloches qui faisaient vibrer l'Argentine, le véhicule apparut. Les chevaux poussiéreux et en sueur s'avancèrent jusqu'à la Poste, s'arrêtant devant elle sans que personne n'eût besoin de les y forcer.

Le maire, un homme de cinquante-cinq ans aux cheveux gris indisciplinés, qui s'échappait sous les bords de son chapeau, sauta lourdement et ouvrit la portière aux sept voyageurs qu'il transportait pour descendre de la voiture. Là, ils ont payé un voyage et ceux qui ont continué devaient monter dans la ville.

Hamson s'approcha de lui en disant à voix basse :

« Écoute, Jasper. Le patron va te confier un de mes ordres à livrer à la Banque de Marsland. C'est quelque chose d'important que tu dois garder fidèlement et garder caché pour que personne ne sache que tu voyages avec toi. Tiens, pour lui montrer plus d'intérêt.

Et lui a remis une pièce de cinq dollars.

Puis, disant au revoir au chef du bureau, il se rendit à la banque pour récupérer le sac qu'il avait remis à Jasper.

La diligence a dû être retenue pendant une heure dans la ville. Il fallait changer le shot pour un autre de soda, s'occuper du courrier et livrer les sacs de celui qui partait pour l'intérieur, et le maire avait besoin de reprendre des forces en déjeunant, ce qu'il n'avait pas pu faire le le chemin.

A cinq heures et demie, l'ordre de partir est donné. Les trois voyageurs qui attendaient dans la salle de la Casa de Postas sont montés dans le véhicule, et le maire a caché le lourd sac de cuir à l'intérieur de son siège, saisissant les rênes et faisant claquer le fouet.

Les quatre chevaux fougueux s'élancèrent puissamment et, au milieu de nouveaux nuages de poussière, quittèrent la place pour aligner le chemin qui serpentait entre la voie ferrée et la rivière.

Jasper prévoyait d'atteindre Sénèque vers huit heures du soir. La route, en raison d'accidents qui coupaient la ligne droite, pouvait être calculée à onze milles, mais elle avait quatre montures puissantes qui les parcouraient en deux heures et demie.

La diligence roulait rapidement à travers un terrain sec et inculte, qui ressemblait plus à du sable qu'à de la terre et dans certaines parties, les nids-de-poule ont forcé le véhicule à chuter de manière si alarmante qu'ils ont fait hurler de terreur les voyageurs lorsqu'ils ont estimé que l'un d'eux pouvait se renverser .

Jasper, avec le tuyau mort entre ses dents et les rênes fermement tenues dans sa main gauche calleuse, guidait le tir enflammé avec une grande confiance et ruminait entre les dents :

« Cinq dollars ! Je n'ai jamais vu ce banquier crapaud si grossier qu'il ne me dise pas bonjour s'il ne fait pas payer d'intérêts pour les donner. Qu'enverrez-vous ici dans ce sac qui vous inquiète tant ? Je parierais ma position dans la diligence que c'est de l'argent en quantité. Si je n'étais pas un honnête homme comme je le suis, il méritait qu'au lieu de le livrer à Marsland je continue le voyage jusqu'à Cross, total, cinquante milles de plus de voyage et me perds dans les montagnes de Black Hills, dans le Dakota.

« Je ne sais pas ce que contiendra le sac, mais je suis sûr que j'ai plus à gagner en faisant les courses les quelques années qu'il me reste à vivre. Ce serait un coup dur pour ce vieil avare qui devrait le payer de sa poche. Heureusement pour lui que je sois Jasper et que cinquante-cinq ans de vie honorable ne soient pas jetés à la rivière pour une poignée de dollars, même si c'est beaucoup.

Soudain, il tira les rênes contre sa poitrine pour contenir l'élan des chevaux fougueux. Ils avaient laissé trois milles derrière eux, et maintenant il devait traverser un chemin accidenté et sinueux, plein de nids-de-poule et de bosses, qui traversait des sous-bois, des clairières et quelques conglomérats d'arbres tordus et anciens.

Il s'est dirigé vers le bas du chemin, en dégringolant et a commencé à tordre à travers les méandres du chemin étroit, jusqu'à ce qu'il atteigne un virage qui, à la sortie, descendait violemment en descente, pendant un demi-mille plus tard, il est ressorti dans la plaine.

Il tournait au coin de la rue lorsqu'une détonation vibra sèchement au-dessus du tintement aigu des cloches. Jasper a mis ses mains sur sa poitrine, jetant à moitié un terrible serment et a essayé de saisir le fusil qu'il avait appuyé sur le côté droit du siège, mais sans la force de le faire, il s'est penché en avant et est tombé sur les fesses de l'arrière tir qui, effrayé, tenta de continuer le galop attaqué par la panique.

Mais deux nouvelles détonations, qui se mêlaient aux cris hystériques des voyageurs, vibrèrent à nouveau.

L'un des chevaux, touché à la nuque, hennit avec angoisse, mettant ses mains à mi-hauteur du véhicule, et son compagnon, touché à l'aviron avant droit, vacilla en tentant d'avancer et tomba au sol en traînant le blessé.

Ils donnèrent tous deux des coups de pied et hennirent en un tas confus, tandis que les deux chevaux de tête tentaient de suivre le chemin sans succès. Non seulement le poids de la diligence mais le poids mort de leurs deux compagnons au sol, les immobilisaient rendant leurs efforts stériles.

La diligence s'est échouée presque appuyée sur une petite pente qui formait le chemin ; et tout à coup, d'un bond élastique, une silhouette tomba du haut d'un des arbres près de la voiture et s'avança vers la scène en brandissant deux énormes revolvers.

Les trois voyageurs effrayés se renversèrent sur leurs sièges, les yeux écarquillés de terreur et les mains jointes dans une supplication angoissée, tandis que le braqueur avançait en menaçant avec ses armes.

L'après-midi mourut dans une douce pénombre bleuâtre et dans sa lumière indécise, tout ce que les voyageurs effrayés purent reconnaître de leur agresseur, c'était qu'il était un homme plutôt massif, vêtu d'une veste de cuir sombre, d'un pantalon bleu rentré dans de hautes bottes d'équitation. Autour du cou, il portait un foulard rouge noué. Sur le visage un autre qui le couvrait du nez vers le bas, et sur les yeux, les ailes tombées d'un vieux chapeau qui ne permettaient de reconnaître aucun détail particulier de lui.

De plus, ses mains, qui devaient être puissantes, semblaient enfermées dans de vieux gants mitaines en denim, qui couvraient la moitié de son avant-bras.

Le braqueur s'est approché du véhicule à moitié couché et, ouvrant la portière, a ordonné d'une voix rauque :

" Descendez ! Ne craignez pas pour vos vies.

Les trois femmes, tremblantes, descendirent de voiture et le voleur ouvrit précipitamment leurs bagages, les fouillant sans rien y trouver de valeur.

Grognant des jurons, il se retourna et grimpa dans la boîte. Livid Jasper, avait été jeté par les chevaux six mètres en arrière, où il est resté accroupi dans une mare de sang, et le hors-la-loi, est monté au sommet où seuls les sacs postaux sont allés.

Il déchira la boîte à titres, en sortit quelques paquets de lettres qu'il gardait dans ses vastes poches, puis se mit à fouiller sur le siège, jusqu'à ce qu'il en déplaçât le couvercle, il le souleva.

Il plongea son bras dans le sac de cuir qu'il souleva, le pesa, et quand il ne trouva plus aucun objet de valeur, il redescendit au sol.

Il s'adressa aux femmes en leur ordonnant :

"Montez!

Ils obéirent, et quand ils furent à l'intérieur, le hors-la-loi traversa jusqu'à une entaille dans le talus et en sortit un beau cheval noir à la selle duquel pendait un grand sac de voyage.

Il y enfonça le sac de cuir, monta à cheval et se jeta avec impétuosité dans le sentier en pente jusqu'à ce qu'il s'infiltrât dans une piste qui partait du talus, disparaissant sous les yeux écarquillés des voyageurs.

A travers la vaste plaine entre le fleuve et la voie ferrée qui menait au Nirvay, un cavalier chevauchait dans l'or du soleil couchant, debout sur sa selle, les yeux fixés sur la plaine.

C'était un jeune homme de bonne taille, souple dans les hanches, large dans la poitrine, et bronzé au visage, qui sentait l'effort d'une longue marche dans ses vêtements, à en juger par la poussière qu'il y avait emmagasinée.

Le voyageur avait environ vingt-trois ans, était rapide dans ses yeux, sympathique dans ses traits, dur dans la chair et, apparemment, un homme habitué à passer des heures et des heures sur la chaise sans montrer de fatigue.

Il portait la tenue typique de cow-boy et sur la selle, un magnifique Winchester se balançait, tandis qu'à la taille il portait un impressionnant poulain de 45 ans.

Impatient d'arriver bientôt en ville, il caressa doucement les flancs de son cheval en murmurant :

Allez, Nevada, dépêche-toi un peu. Dans une heure et demie au plus tard, vous aurez l'occasion de prendre un repos bien mérité. Nirvay n'est plus loin et là vous attend un bon hangar et du bon fourrage pour vous remettre de ce long voyage.

Le cheval sembla le comprendre car il accéléra son trot, et peu de temps après, le cavalier réussit à distinguer les traits du terrain qui formaient le chemin qui menait au village.

Soudain, il se raidit. Il lui avait semblé capter au loin le bourdonnement de quelques détonations et regardé partout avec inquiétude, sans rien découvrir d'anormal, mais cette sensation était sûre qu'il ne s'agissait pas d'une illusion de ses sens, mais d'une réalité tangible.

Il était trop habitué à capter le rugissement des armes pour être confus et ne pas préciser quand un revolver tonnait vraiment, ou un bruit similaire pouvait causer de la confusion, dans ce sens.

Agité, il murmura :

" Ray ! Quelqu'un a tiré non loin d'ici. Je jurerais que c'était dans la partie de la clairière. Je vais devoir m'en assurer.

Et il serra encore plus le trot du cheval, se dirigeant à vive allure vers l'allée des pins.

Quand il a finalement atteint la moyenne de cela, il a prêté serment et ses yeux ont brillé de colère. Il venait de découvrir le carrosse à moitié adossé à la pente, les chevaux tombés dans une mare de sang, tandis que ceux qui avaient échappé à l'attaque indemnes donnaient des coups de pied et hennissaient nerveusement les jambes coincées entre les harnais, et juste au-delà, penchés sur la terre dure , trois femmes effrayées, qui gémissaient avec des gestes tragiques à côté d'un paquet qui gisait immobile sur le sol.

Le jeune homme jeta le cheval presque sur eux, les forçant à courir de terreur, criant toujours comme des rats pourchassés et réalisant que le paquet était un corps humain, il rugit :

"Tais-toi, mille rayons, n'aie pas peur que je ne sois pas un hors-la-loi ! Que diable s'est-il passé ici ?

La plus complète des trois, la fille du fermier, qui dut descendre un kilomètre plus tard, s'avança en balbutiant :

« Oh galop, monsieur, il vient de disparaître là-bas, je le rattraperai peut-être encore !

"Qui?" Demanda le voyageur, perplexe.

"Le voleur. Il n'y a pas dix minutes, il a disparu dans cette piste. Monter un cheval noir. Il a tué le maire, fouillé nos bagages et la diligence et a pris un sac qu'il a pris de là... du siège... Galop pour tous les saints, et vous pourrez le rattraper !

Le voyageur, sans attendre d'autres supplications, rugit :

"Attendez ! Je reviendrai le chercher.

Et pressant ses éperons sur les flancs du cheval, il le pressa :

Allez, Nevada, qu'on ne dise pas que tu ne peux pas rattraper un diable noir à quatre pattes comme toi qui n'a que dix minutes d'avance sur toi.

Le cheval, comme s'il avait été blessé à la fibre la plus sensible de son orgueil, partit comme une expiration et, en quelques minutes, surmontant un terrain hostile peu propice au développement de sa vaillante vitesse, il traversa les talus et sortit plaine face à la direction de la rivière. environ quatre milles de distance.

"Nevada", en ligne droite, comme s'il disputait une course importante, a dévoré quelques milles au galop fantastique. Derrière lui, un nuage de poussière effaçait son pas, tandis que le cavalier, les dents serrées, le menton énergique un peu saillant et les yeux fixés sur la plaine, serrait avec colère le canon de son fusil, voulant découvrir un point mouvant sur lequel tirer.

Alors qu'il approchait de la rivière, il pouvait le sentir dans l'air humide et chargé de saleté qui lui frappait le visage dans la course folle, et il craignait que s'il ne rattrapait pas le hors-la-loi avant de traverser le Missouri, ce serait impossible. de le localiser, d'abord à cause de l'obscurité qui s'accentuait de plus en plus, et ensuite, parce que l'autre rive couverte de broussailles et d'arbres, se prêtait à dissimuler les persécutés.

Un demi-mille plus tard, ses yeux perçants découvrent enfin le fugitif. Il galopait presque aussi vite que lui et avec un effort d'un mile et demi, il atteindrait la rivière et le laisserait déjoué.

Le jeune homme demanda à son cheval un effort maximum et, saisissant le fusil par la crosse, il se prépara à tirer dès qu'il aurait le hors-la-loi à portée.

Ce dernier dut s'apercevoir de la poursuite, car elle semblait augmenter la vitesse de son trot et, entre eux, une lutte s'institua qui ne pouvait être décidée que par le cheval le plus léger et le plus résistant des deux.

Mais la limite de la course était très courte. Le fleuve était une aide magnifique pour le fugitif et un ennemi terrible pour le poursuivant. Ils devaient tous les deux le savoir, car ils luttaient tous les deux pour remporter la folle course courte.

Mais "Nevada" semblait plus léger, car son cavalier rugissait de joie en le voyant prendre de la distance. Avant longtemps, elle l'aurait à portée de son fusil et lui tirerait dessus en utilisant sa visée précise.

Et finalement licencié. La fumée du coup de feu cacha un instant le cavalier et lorsqu'il le découvrit à nouveau, il constata qu'il avait raté. La mobilité des deux était grande et la distance, ainsi que l'obscurité, trop nombreuses.

Mais il a reçu la réponse. Une balle passa devant lui, l'avertissant que son ennemi savait aussi manier une arme.

Cela a stimulé la rage du voyageur. Il n'avait pas peur des gens en colère ; au contraire, elle grandit lorsqu'elle eut à faire face à de grands ennemis.

La rivière était déjà en vue. Le ruban légèrement trouble du Missouri brillait comme une large tôle d'acier dans la lumière déclinante de l'après-midi, et le jeune homme tira à nouveau sans succès.

Le cheval du fugitif sauta à l'eau soulevant un tourbillon d'écume noire en tombant et nagea avidement vers la rive opposée, tandis que le jeune homme, poussant sa monture, la lança vers la rivière, pour traverser derrière lui.

Mais dans l'élan et alors qu'il était presque sur le rivage, "Nevada" a marché à tort sur un trou dissimulé et, inclinant les mains, a cloué son nez au sol, projetant son cavalier par les oreilles. Il roula comme une balle et se leva furieusement, essayant de se remettre sur pied pour ne pas laisser s'échapper sa proie, alors qu'il était presque à sa portée.

Mais avec un profond désespoir, il constata que sa monture s'était blessée à la jambe en tombant. Du sang coulait d'elle et il n'osait pas la poser par terre, peut-être parce que la douleur l'en empêchait.

Furieux, il abandonna son cheval et courut au bord de la rivière. Le hors-la-loi l'avait franchi et son cheval pressait d'aller sur la rive opposée.

Il a levé le revolver et a tiré. C'était la dernière chance qu'elle avait de l'arrêter.

Cette fois, le projectile était plus précis et était sur le point d'arrêter à jamais la fuite du hors-la-loi ; mais à cause d'un mouvement étrange que le cheval fit pour fixer ses pattes avant sur le rivage, en pliant les mains, le projectile s'enfonça dans la selle, sous le dos du fugitif.

Par une rare coïncidence, lorsque la balle a frappé, elle a dû couper la sangle du sac de voyage qui pendait du cuir, car le jeune homme a parfaitement observé comment le sac se vidait et s'enfonçait dans l'eau, à côté du rivage, soulevant un grand bain à remous au bord. couler. Lorsqu'il tira à nouveau, le cheval avait gagné du terrain et s'était perdu parmi les arbres, se réfugiant en eux et dans le talus surélevé qui le protégeait.

Le jeune voyageur abandonna désespérément la poursuite. Quand son cheval lui fit défaut, il en avait perdu toute possibilité et quand la poursuite voulut sérieusement s'organiser, Dieu saurait où le voleur se cachait déjà.

Inquiet, il retourna à son cheval. L'animal hennissait de douleur et le jeune homme examina anxieusement sa jambe blessée, mais constata bientôt qu'il n'y avait pas de fracture osseuse. Il avait subi une égratignure douloureuse qui l'a obligé à saigner et peut-être un coup qui lui a causé de graves douleurs, mais avec un bon repos et quelques traitements à l'arnica, il serait à nouveau neuf.

Et le prenant par la bride, n'osant pas la monter pour ne pas aggraver sa situation, il retourna sur les lieux du drame, parcourant patiemment le chemin qui le séparait de la diligence.

CHAPITRE III

UNE PETITE RENCONTRE

Lorsqu'il atteignit à nouveau le chemin, la nuit s'était complètement fermée et les trois voyageurs effrayés, pleins de panique, non seulement à cause du choc qu'ils avaient reçu mais parce qu'ils étaient seuls dans le noir à côté du cadavre du maire, ils aspiraient à son retour.

Lorsqu'ils virent apparaître le jeune homme avec le cheval par la bride et saignant, leur peur augmenta et une question balbutiante :

« Êtes-vous… aussi… blessé ?

« Non, heureusement non, mais mon cheval l'est. Il a eu la malchance de trébucher lorsque ce bandit était à portée de main et cela m'a empêché de l'atteindre. Il a traversé le Missouri et a disparu parmi les accidents sur l'autre rive... C'était dommage !

Réagissant, il a ajouté :

"Eh bien. Vous ne pouvez pas rester ici. Je ne peux pas aller au village pour demander de l'aide, car mon cheval ne pouvait pas me tenir en selle, alors je vais voir comment je peux mettre les deux chevaux qui m'ont été utiles à utiliser et Je vais guider la diligence jusqu'à Nirvay, c'est le seul moyen.

L'un des voyageurs a fait allusion à une observation.

« Vous semblez connaître ce côté de la région.

— Un peu, répondit le jeune homme en souriant dans le noir. Cela pourrait être une surprise de me voir arriver là-bas à la tête de ce hulk.

Il sortit un couteau et coupa le harnais sur le coup arrière, libérant les deux chevaux utiles. Puis il fit reculer la voiture, les accrocha dans la position des deux tombés, et laissa la voiture prête à rouler. Tout prêt, il força les voyageurs à monter dans la voiture. Il ne pouvait pas s'engager à continuer jusqu'à Sénèque, distant de dix-sept milles, mais il pouvait revenir en arrière et les ramener à Nirvay, jusqu'à ce qu'ils réorganisent le service et cherchent un nouveau chauffeur.

Quant au cadavre du malheureux cocher, il le hissa par-dessus, au prix de grands efforts, pour éviter aux femmes troublées d'avoir à voyager en compagnie du mort et d'attacher son cheval à l'arrière de la voiture, prend les rênes et reprend la route du village à allure modérée, afin de ne pas endommager sa propre monture.

Il était neuf heures du soir passées lorsqu'il vit les lumières de la ville et une émotion intense le saisit en les voyant. Il avait longtemps rêvé de son arrivée sur le Nirvay, mais il n'avait jamais rêvé que son entrée y serait si dramatique et spectaculaire.

Le tintement inattendu des cloches, entendu depuis la place alors qu'elles avançaient le long du chemin poussiéreux, provoqua une sensation profonde. Aucune diligence n'était attendue ce soir-là et du chef de la Casa de Postas au dernier voisin qui passait par la place, ils couraient vers la route, poussés par la curiosité.

Jusqu'à ce que quelqu'un, reconnaissant la voiture, crie avec consternation :

« C'est la diligence de Jasper qui revient… et il ne la conduit pas !

Un noyau de badauds bondé s'est précipité sur la voiture lorsqu'elle s'est arrêtée devant la station de remplacement et Caster, le chef du service, s'est avancé plein d'inquiétude pour s'enquérir de la cause de ce retour inhabituel.

La lumière des deux lampes suspendues au-dessus de la porte du bureau se reflétait sur le visage sombre du jeune homme qui guidait le véhicule, et Caster, écarquillant les yeux, s'exclama :

« Franck Neil !

Celui-ci, d'un bond élégant, descendit à terre et, s'avançant vers lui, s'écria :

« En effet, monsieur Caster, je suis Frank. Je vois que, malgré ma longue absence, je suis toujours connu dans cette ville.

Le chef, après le premier moment de surprise, étouffa quelque peu l'effusion qu'il avait mise dans l'exclamation et répondit froidement :

« En effet, vous êtes toujours connu et les gens ne vous ont pas oublié. Ce que je ne comprends pas, c'est comment tu rentres dans cette diligence dans laquelle tu n'avais rien perdu.

« C'est vrai, je n'avais rien perdu là-dedans, parce que je venais à cheval, là on voit le mien boiteux derrière, mais quand un homme tombe sur une scène perquisitionnée sur une route, avec deux chevaux morts, le maire aussi morts et trois malheureuses femmes paniquées, le moins que vous ayez à faire est de les aider. Je l'ai fait pour eux, M. Caster, et pas pour la Missouri Company.

Caster, qui avait changé de couleur en l'entendant, rugit :

Que dis-tu, Franck ? Que la scène a été cambriolée et que Jasper…?

« Là, vous avez les voyageurs qui peuvent vous donner autant de détails que vous le souhaitez, et concernant Jasper, son cadavre peut être ramassé du haut où je l'ai placé.

Puis, pointant du doigt, il ajouta :

« Vous trouverez également un sac déchiré. Le braqueur semble avoir fait une recherche approfondie.

Caster, pâlissant, se précipita vers la boîte et, d'une main tremblante, souleva la housse du siège, révélant l'intérieur vide. Consterné, il descendit en balbutiant :

« Dieu de Dieu ! Ils ont pris le sac en cuir !

« Qu'est-ce qu'il obtient ? Demanda Frank, intrigué.

— Celui que M. Hamson a envoyé à Marsland. Je ne sais pas exactement combien d'argent il contenait, mais je pense que c'était au moins cinquante mille dollars !

Les curieux levèrent les mains à la tête avec consternation. C'était une chose trop sérieuse pour ne pas être déplacée. Très peu étaient les actes criminels qui avaient été commis dans la ville, mais celui-ci valait bien des coups qui pouvaient être portés à long terme.

Depuis un autre temps, quand il y avait aussi un mystérieux braquage à la Banque, d'où disparaissaient vingt mille dollars de factures pour le paiement des cheminots, des événements similaires ne s'étaient pas reproduits et les gens, effrayés, se détachèrent de la diligence formant cercles où l'événement a été discuté et qui peu après s'est étendu à travers la ville pour répandre la nouvelle dans tous les coins de celle-ci.

Frank s'occupa à aider les voyageurs à descendre, les accompagnant jusqu'à la salle d'attente de la Poste où il dut attendre la résolution de Caster, et lui, défait, livide, sans pouvoir rien faire, fit le tour du véhicule. , caressant ses cheveux et parlant tout seul.

Frank l'arrêta net en criant :

« Qu'est-ce que tu fous là ? Pourquoi ne vous occupez-vous pas de ces trois pauvres femmes et du cadavre du maire ? Es-tu stupide?

Caster essaya de se ressaisir et marmonna :

« Oui, oui… c'est vrai… je dois… mais… bon sang !… Vous vous rendez compte de la gravité de l'affaire ? Cinquante mille dollars de Banco Ganadero…

« Qu'est-ce que ça m'importe ? Quel est ce montant pour le méchant et égoïste M. Hamson, qui toute sa vie a réussi à exploiter les gens ? Qu'il les paie et éclate ! J'aurais aimé qu'ils l'aient volé à la banque et qu'ils aient même pris sa chemise !

« Eh bien, tu parles comme ça parce que… eh bien, ce n'est pas le moment de discuter. Aidez-moi si vous voulez faire descendre le cadavre. Ensuite, le shérif devra être pris en compte. J'espère que vous serez ici pour témoigner.

« Je le ferai ou je ne le serai pas, mais le shérif saura où me trouver. Je suis absent du village depuis plus de trois ans et je ne suis pas venu pour sauver les intérêts de ce crapaud de Hamson, ni pour m'occuper de lui, mais pour voir mon père. Je pense que c'est avant tout le monde et j'en ai assez de chasser le hors-la-loi que j'étais sur le point de frapper, si mon cheval n'avait pas trébuché et tombé, blessant sa jambe. Si mon cheval boite, Hamson ne viendra pas compenser la perte.

"Eh bien, n'en parlons pas, Frank. Tu es toujours aussi impétueux. Maintenant il s'agit d'aider la justice sans regarder en faveur de qui elle est faite.

Caster a commencé à crier pour deux palefreniers dans les hangars à chevaux de rechange, et entre eux et Frank a abaissé le cadavre du contremaître.

Déplacé dans la chambre au milieu de l'horreur montrée par les voyageurs, c'est quand, à la claire lumière des lampes, Frank a pu apprécier comment le conducteur avait été blessé. La balle lui avait traversé le cou, et le jeune homme, examinant le corps, dit :

« Je n'y comprends pas grand-chose, mais d'après la forme de la blessure, je jurerais qu'elle a été chassée en passant, d'un endroit élevé. Le bandit devait être en embuscade sur les pentes ou peut-être parmi les branches d'un arbre. Que le médecin vous le dira avec plus de certitude.

Caster a recouvert le corps d'une couverture et a ordonné à l'un des employés d'aller à la recherche du shérif, ce qui n'était plus nécessaire, car lorsque la nouvelle s'est répandue sur ce qui s'était passé, quelqu'un s'était précipité pour informer la première autorité, et elle allait déjà à la Casa de Postas pour intervenir dans l'événement.

Frank, sa mission accomplie, s'apprêtait à quitter le bureau pour rentrer chez lui, lorsque la présence du shérif l'interrompit.

L'actuel chef de la police n'était pas le même que celui que portait la star lorsqu'il a quitté la ville, mais il était aussi connu de lui. C'était Edward Lang, qui possédait un atelier de bourrelier dans le village.

Edward, confronté à Frank, a averti :

« Attends une minute, Frank, on dirait que tu es sur le point de partir.

« C'est vrai, monsieur Lang. Je suis parti d'ici depuis trois ans et je ne suis venu que pour embrasser mon père. Je pense que j'y ai droit.

« En effet, Frank, et personne ne vous le conteste, mais j'espère que votre bon jugement retardera un peu votre visite. Il s'est passé quelque chose de grave dans lequel vous êtes intervenu de manière spectaculaire et j'espère que vous ne voulez pas refuser d'apporter votre aide à la justice.

"Bien sûr que non. J'ai déjà dit que j'allais embrasser mon père et ensuite ils m'ont mis à leur disposition.

« Eh bien, repoussez un peu la visite. Si cela vous fait plaisir, je vous dirai que votre père est en parfaite santé et que son entreprise va de mieux en mieux. Avec ça, je pense que tu peux te résigner à attendre quelques minutes.

Frank obéit à contrecœur et retirant sa pipe, il la coinça pendant que le shérif le harcelait de questions.

Concis, il répondit :

« Écoute, Lang, demande à ces dames, ce sont elles qui peuvent le mieux t'informer. Je suis arrivé alors que le voleur fuyait déjà vers la rivière.

Le shérif a tenu compte des conseils et a interrogé les voyageurs. Ils lui expliquèrent comment la diligence avait été dévalisée et toutes les manœuvres que le hors-la-loi avait effectuées.

Comme Caster n'avait que des mots pour regretter le vol de la veste en cuir de Hamson, le shérif demanda :

« Qui savait que cet important sac voyageait dans la diligence ?

"Je ne sais pas. Bien sûr, moi et le maire. Hamson l'a apporté ici en personne quand la scène est arrivée et me l'a rapporté secrètement dans mon bureau. Je l'ai secrètement communiqué à Jasper quand je le lui ai remis et je ne ' Je n'en sais pas plus. M. Hamson saura si...

"Vous devez l'avertir immédiatement" a déclaré le shérif "est le plus intéressé par l'affaire.

"Ce n'est pas possible", a déclaré le chef de la poste. « Il a attendu l'arrivée du coach plein d'angoisse, car il devait partir immédiatement. Comme il me l'a dit de manière confidentielle, il a eu une rencontre importante avec une certaine personnalité pour quelque chose de grand qui touche la région et... ne sais pas plus.

"Eh bien, il serait très important de savoir qui connaissait la sortie de ce sac... cela dépend du suivi d'un indice.

Frank est intervenu pour dire :

« Je soupçonne que vous vous êtes égaré, shérif. En premier lieu, je ne crois pas que Hamson ait donné deux cents au crieur public en annonçant qu'il envoyait cet argent par un canal aussi exposé, et deuxièmement, qu'à en juger par ce que déclarent les voyageurs, la découverte était accidentelle. Le braqueur les fouilla, fouilla les sacs de courrier et enfin, réquisitionnant la diligence, trouva la cachette. S'il avait connu ce détail et avait été le mobile de l'agression, il se serait d'abord inquiété de le rechercher. Le reste ne devrait pas en valoir la peine.

Le shérif réfléchit à la logique de ces mots et dit :

« Je pense que tu as raison, Frank, mais… bon, c'est penser à tout. Racontez-nous maintenant votre histoire. Vous avez chassé le hors-la-loi.

« En effet, ça l'était. Ils m'ont dit que cela ne faisait pas dix minutes qu'il s'était enfui et je pensais l'avoir rejoint.

Puis il raconta toute son odyssée et comment la chute de son cheval l'avait empêché de chasser le fugitif.

Ce qui se tut, c'était sa conviction que le sac en cuir avait été emporté. C'était un détail qui était réservé pour enquête en temps voulu.

Sa haine pour l'homme qui avait écourté sa vie et ses illusions était si grande qu'il préféra laisser cet argent se perdre et être payé par la poche privée du banquier, que de faciliter son sauvetage, si possible, bien qu'il n'ait pas confiance que ce serait le cas. a été.

Quand il a fini son histoire, le shérif a demandé :

« Avez-vous des idées qui vous aideront à un moment donné à reconnaître le voleur ?

"Aucun. Je suis intervenu en fin d'après-midi, alors que le soleil était déjà descendu sous l'horizon et que le crépuscule régnait. J'ai pu apprécier, comme les voyageurs, que c'était un homme large d'épaules, de stature régulière, assez grand et vêtu bottes hautes Il montait un cheval tout noir et je ne peux pas être plus précis.

"Eh bien. Je fournirai des détails aux villes voisines pour que mes collègues enquêtent. Peut-être que quelqu'un l'a vu traverser dans une direction. Ce n'est pas une chose facile si vous êtes loin devant et franchissez la ligne de partage. Dakota et Wyoming sont très proches et là ...

Frank l'interrompit avec impatience :

"Eh bien, M. Lang," dit-il, "je pense vous avoir dit combien je pourrais contribuer à votre travail. Si vous voulez, avant que je parte, vous pouvez examiner mon cheval et voir que sa jambe a été blessée à la poursuite Vous pouvez aussi voir mon fusil, auquel il manque un obus, et mon revolver, qui a trois balles.

"Attendez une minute," interrompit le shérif. De quel calibre sont tes armes ?

« Le Winchester est un 40.70 à percussion centrale et le revolver un .45 Colt. Cela a-t-il quelque chose à voir avec la mort de ce malheureux ?

Le shérif rougit un peu. La question de Frank avait été impétueuse et menaçante.

"Non... je ne pense pas... mais c'est bien d'avoir le plus de détails possible.

Frank a ironiquement ajouté :

« Si c'est pourquoi, vous pouvez également mesurer mes chaussures et les sabots de mon cheval. Ensuite, il met tout dans un chapeau, le secoue, en sort quelque chose et… résout l'affaire.

Lang le regarda sévèrement et répondit :

« Frank, je te vois revenir aussi impulsif et moqueur que tu es parti. Vous avez oublié beaucoup de choses...

« Tu te trompes, Lang, je n'en ai oublié aucune. C'est peut-être quelque chose que les gens regrettent.

"Tant que ça ne t'alourdit pas trop...

— Eh bien, si c'est le cas, tant pis. Avez-vous besoin d'autre chose de ma part ?

« Non. Tu peux partir, mais j'espère que tu ne partiras pas si tôt que je n'aurai pas la chance de te revoir.

« J'ai peur de ne pas y aller, Lang. C'est peut-être la mauvaise chose.

Et il se dirigea vers la sortie, au moment où la porte s'ouvrait violemment et la silhouette haute et blonde d'une jeune femme, jolie et élégante, se dessinait dans le cadre.

Frank, comme s'il avait été mordu par un aspic, recula, sentant un afflux de sang monter sur son visage sombre, tandis que le nouveau venu, le voyant, pâlit en s'écriant :

"Franc!

Il fit un gros effort pour se calmer et répondit :

« En effet, Sylvie. Je suis Frank Neil. Je pensais qu'après trois ans d'absence tu ne te souviendrais plus de moi.

« C'est une chose à retenir et une autre à retenir. Ils m'avaient dit ça... mais, désolé. Il y a quelque chose d'urgent que je dois clarifier.

Et se tournant vers le chef de la Poste, il demanda avec véhémence :

« Qu'est-ce qui traverse la ville, monsieur Caster ? Ils m'ont dit que la scène avait été cambriolée et que le maire avait été tué.

"C'est vrai, Miss Hamson," répondit le patron, confus, en désignant le corps de Jasper caché par la couverture. " Voilà.

Elle recula, lançant un regard horrifié dans sa jolie bouche puis ajouta :

« Affreux, M. Jasper, affreux ! Mais... on m'en a dit plus... Est-il vrai que mon père avait envoyé un sac en cuir avec cinquante mille dollars sur la scène et qu'il a disparu ?

— C'est vrai, mademoiselle Hamson. Le sac a disparu, mais quant à la quantité qu'il contenait, je ne sais pas. Ne saviez-vous pas?

"Non," répondit-elle confuse. " Mon père n'a parlé à personne de l'envoi... pas même à moi. Il m'a seulement dit qu'il devait s'absenter jusqu'à lundi pour une conférence très importante et je ne sais pas où. Mon Dieu, cinquante mille dollars Comme il va être bouleversé quand il l'apprendra !

« En effet, ce n'est pas une poignée de dollars insignifiante.

« Et… le voleur n'a pas pu être localisé ?

Le shérif pointant du doigt Frank, a averti :

"Oui, Mlle. Frank est arrivé sur les lieux peu de temps après et a galopé à la poursuite du voleur. Il l'a rattrapé près de la rivière, mais... son cheval a trébuché et est tombé alors que le fugitif traversait le ruisseau. Il lui a tiré dessus plusieurs fois. fois, mais il l'a raté.

« Oui, c'est étrange, dit Sylvia d'un ton sarcastique, que Frank Neil, un homme qui s'est toujours vanté d'être un tireur, ait raté des coups à une distance qui ne dépasserait pas trente mètres ! Il y a des choses étonnantes !

Frank sentit tout son sang s'enflammer à son commentaire. Elle n'avait rien fait pour mériter le mépris de quelqu'un qui avait toujours été un bon ami, et maintenant, en l'entendant accuser de cette manière cinglante devant les gens, une rage sourde inondait son âme.

Enragé, il se retourna en s'écriant :

« Tu es devenue une dame agressive, stupide et débile, Sylvia ! Je vois que tu es une digne fille de ton père et qu'il t'a inculqué ses théories stupides et son orgueil insensé d'ambitieux, sans mérite de l'être. Éleveur élevé par l'argent, il oublie son origine et veut effacer la vôtre de votre sang, comme si cela était possible. Je ne me suis jamais vanté d'être un tireur et tu le sais.

«Je me suis vanté d'un seul homme et d'un homme entier et sans rêves de grandeur qui ne me conviennent pas. Si vous avez dit cela avec un fouillis, cela ne vaut pas la peine d'être pris en considération. Si tu avais été un homme...

Une voix altérée cria de la porte...

— Ce n'est pas un homme, Frank, et c'est pourquoi tu présume l'être, mais voici un homme prêt à répondre d'elle.

Frank tourna les yeux avec colère vers la porte. Dans celui-ci, et couvrant presque toute la durée, la silhouette de Dennis Powell, le petit ami de Sylvia, se démarquait.

Vêtu d'une élégance ringarde et affectée, il avait l'air plus qu'un riche éleveur local, un étranger exotique de l'Est essayant de s'adapter grossièrement aux coutumes et aux vêtements de la région. C'était comme une figurine impénitente essayant de modifier des vêtements avec des airs aristocratiques de mauvais goût.

Frank a fait deux pas en avant avec colère en disant :

« Tu es un homme ? Vous n'avez pas été toute votre vie plus qu'un enfant idiot, gâté pour promener votre silhouette ridicule dans la ville et éblouir de jeunes femmes idiotes comme celle-ci. Les hommes ici auront honte de savoir que vous avez l'intention de les représenter.

Dennis, rouge comme l'armoise, a sauté sur Frank en essayant d'appliquer ses poings robustes sur son visage, tandis que Sylvia, effrayée, a crié pour l'arrêter, mais la tentative du fils du fermier n'est pas allée plus loin...

Frank fléchit légèrement la taille, évita le coup aveugle, et étendit son bras droit comme un ressort puissant, l'appliqua sur la bouche de son agresseur, l'envoyant en arrière contre la porte.

Dennis est entré en collision avec le cadre, a poussé un rugissement de douleur et s'est effondré comme une mauviette, tandis que Sylvia, terrifiée, a couvert son visage de ses mains, croyant que son petit ami avait été défait par le terrible impact.

Lang a essayé d'attraper Frank, mais Frank, le repoussant brusquement, a hurlé :

« Laissez-moi, Lang, laissez-moi ; vous avez été témoin d'insultes et Frank Neil n'est insulté par personne.

HAMSON COMMENCE SON ATTAQUE

L'annonce de l'arrivée de Frank Neil était comme si une bombe était tombée dans le village. Trois ans n'ont pas été longs pour effacer de la mémoire des gens des souvenirs qui, bien que dormants, restaient pérennes, et bientôt les détails de sa vie ont été ressuscités jusqu'au moment où il a disparu du Nirvay.

La rumeur s'est répandue à la suite de son départ sur ses performances dans le vol de bétail, ressuscitée à nouveau dans la mémoire de certains et bien que les tests n'aient pas été très satisfaisants, la calomnie populaire admet toujours le mal plus facilement que le bien et tout le monde y est montait la garde contre lui, attendant l'attitude du shérif pour reprendre cette vieille affaire.

D'un autre côté, c'était une coïncidence qu'il était une figure de proue dans le problème du vol de diligence dans le Missouri. Nirvay était une ville douce et calme, où les vols à main armée et les morts violentes se sont avérés être des fleurs exotiques, et cet événement sanglant «le plus sanglant dont on se souvenait à l'endroit» devait se dérouler précisément lorsque Frank retournait dans la ville.

Bientôt, l'histoire de sa performance a été augmentée et corrigée par le bouche à oreille, et beaucoup "comme Sylvia l'avait fait", ont accueilli ses déclarations avec des réserves. Un individu comme lui, excellent tireur d'élite, ne pouvait pas tirer trois tirs à si près et le fait que cela ait pu se produire a fait naître certains doutes.

Tout au long de la journée du dimanche suivant, les commentaires étaient pour tous les goûts. Les jeunes, comme les vieux, oubliaient leurs divertissements favoris « les uns dansant et les autres tavernes » et en groupes sur la place, dans la rue principale, ou dans les établissements, ils se consacraient à formuler des hypothèses sur l'événement et à puiser dans es conclusions particulières, dont peu étaient en faveur du nomade nouvellement revenu.

Il n'est pas apparu dans la ville toute la journée du dimanche. Las de la longue journée et amer des scènes qui avaient suivi son retour, il passa la journée à dormir, et lorsqu'il se leva, il ne voulut pas quitter la maison de son père, aux côtés duquel il passa la soirée à raconter son aventure exploits en Occident.

En ce qui concerne l'agression de la diligence, il lui raconta tout ce qui s'était passé, à l'exception de l'incident du sac. Il semblait que quelque chose l'obligeait à se taire à ce sujet, bien qu'il n'y attachât pas non plus une grande importance, car il était sûr que le sac avait été perdu dans les eaux boueuses du Missouri.

Lundi matin, Hamson est retourné dans sa jolie ferme de banlieue. Il semblait fatigué du voyage, mais satisfait du résultat.

Il a trouvé sa fille nerveuse et avec des signes d'avoir pleuré et lorsqu'il a essayé de s'enquérir des motifs de ces traces accusatrices, elle, fiévreuse, lui a raconté tout ce qui s'était passé.

Le banquier a crié à la nouvelle de la perte d'argent et du comportement incorrect et brutal manifesté par Frank. Il ne pouvait pas lui pardonner de revenir et de traiter sa fille avec autant de mépris, même s'il était au fond heureux que la rencontre inattendue se soit déroulée d'une manière si froide et agressive.

Cela venait d'effacer toutes les traces du passé entre eux et laissait clairement l'avenir clair. Sylvia et Frank ne pouvaient même plus être deux amis discrets.

Quant à l'incident avec Dennis, il était furieux. Après tout, sous le faux manteau de "chevalier de fortune", le sang de l'Occident battait en lui et l'air de la vie turbulente des éleveurs, et cela l'écœurait que son futur gendre ait subi une telle défaite et une telle humiliation.

Furieux, il hurla :

« De quel genre de boue est fait Dennis qui n'a pas détruit Frank ? Il vous a insulté devant le shérif et s'il l'avait détruit là, Lang aurait dû être d'accord avec lui.

"Mais papa" répondit-elle confuse "Dennis voulait prendre ma défense et la sienne. Il n'était pas armé et a sauté sur Frank pour couvrir sa bouche avec ses poings.

« Et il a laissé sa couverture, n'est-ce pas ? Une telle situation ne peut pas rester ainsi ! J'admets que Dennis n'est pas un voyou, ni un tireur comme Frank, mais c'est un homme et il doit le prouver. Je ne peux pas permettre au futur mari de ma fille de subir l'humiliation d'avoir été battu sans se venger. Vous devez le comprendre et lui aussi.

"D'accord, papa, d'accord, mais Dennis n'a pas eu le temps de se ressaisir... quand il sera rétabli... on verra... Tu sais qui est Frank...

« Je sais qui est Frank et il saura qui je suis... Il n'est revenu que pour me rendre la vie amère, il ne me pardonne pas de m'être opposé à juste titre à votre amitié intime. Il croyait que j'étais juste un éleveur grossier qui n'avait pas connu son intention et je l'ai fait. J'essayais d'abuser de ton innocence pour te tromper, t'épouser et m'emparer de mon capital vivant aux dépens de nous deux... Non... ! Je n'ai pas pu y consentir et je suis content que vous ayez réagi en réalisant de qui il s'agit. Par contre, il y a beaucoup à discuter sur la question du vol de mon argent...

« J'avoue que lui, absent, ne savait pas que j'allais effectuer l'expédition, mais... qui me dit que je n'étais pas d'accord avec le braqueur pour donner le coup à la diligence ? Il le sait, il sait que le courrier porte généralement des Titres, peut-être ont-ils accepté de le voler et le hasard les a fait trébucher sur le sac... Cinquante mille dollars... ! C'est le montant Sylvia, et si elle le partage avec ce hors-la-loi, elle pourra se vanter d'avoir gagné de l'argent là-bas et s'installer ici et essayer de me rendre la vie amère...

Non... Il ne le fera pas. J'ai beaucoup d'enquêtes à faire. Son affirmation selon laquelle il a poursuivi le braqueur et l'a abattu sans le blesser, en le perdant de vue, est puérile... Comme si on ne savait pas comment ce type sait manier un revolver !

« Qu'est-ce que tu veux dire par là, papa ? demanda Sylvia, intriguée.

« Beaucoup et rien, mais, un sur deux ; Soit c'est un mensonge qu'il a chassé le hors-la-loi, soit il l'a truqué pour justifier son intervention en la matière... Je vais devoir lui faire serrer les chevilles jusqu'à ce qu'il chante la vérité.

"C'est très fort papa, tu ne peux pas l'accuser sans preuves.

« Aucune preuve ? Il ne pleut pas sur la pluie ? Qui m'a volé ce bétail dès que j'ai disparu de la ville ?

« Cela n'a pas pu être prouvé, papa... Scott a dit qu'il était presque certain d'avoir reconnu Frank, mais à cause de l'obscurité, il aurait pu être confus.

« Il n'était pas confus... Il avait peur que Frank se venge de lui. C'est un tyran et les tyrans sont souvent sauvés de la potence à cause de la peur des autres, mais je n'ai peur de lui ni de personne. Je n'oublie pas que j'ai été éleveur et que je les ai vus plusieurs fois face à face avec les voleurs de bétail.

« Eh bien, papa... Ne t'énerve pas. Maintenant, l'essentiel est de pouvoir localiser le voleur. Les autorités doivent faire quelque chose.

" Quelque chose...! Je le ferais si j'avais l'autorité. Je forcerais Frank à parler... Il faut qu'il sache...

"Papa!" s'exclama Sylvia agacée sans savoir pourquoi. Je pense que tu vas trop loin. Je me suis permis de douter de la vérité qu'il a dit d'exposer et j'ai vu comment il a réagi furieusement... Pourquoi cela n'aurait-il pas pu se passer comme il le dit ?

« Est-ce que tu vas le défendre maintenant ? Le banquier rugit, craignant que sa fille ait encore une braise de sympathie pour Frank.

« Non, mais je ne veux pas que tu ailles trop loin pour que je puisse le confronter avec lui. Une telle accusation pourrait l'exaspérer et... ça me fait peur de penser aux conséquences.

"Ne vous inquiétez pas. Vous verrez comment le lion n'est pas aussi féroce que les gens le peignent. Je sais comment gérer la question.

« Eh bien, qu'en est-il de l'argent ?

"C'est le pire, Sylvia. J'ai le sentiment que quelque chose de désagréable va arriver aux éleveurs et aux colons locaux. Cet argent était le leur, je dois, en ma qualité de directeur, ordonner la distribution des fonds et utiliser le seul existant signifie transférer l'argent. S'il n'y a pas de sécurité, quelle est ma faute ? Est-ce que je vais le perdre ? Non... Et c'est ce que je dois leur mettre dans la tête.

« Mauvaise affaire, papa. Ils diront que leur argent a été conservé à la banque pour leur sécurité et que celui que vous avez déplacé à l'extérieur n'était pas le leur.

« Eh bien, à qui est-ce, peut-être le mien ? Tout l'argent que je garde appartient à tout le monde et cela affecte tout le monde. On verra bien, mais ne comptez pas sur moi pour le sortir de ma poche. Trouvez-le et retournez-le. Je convoquerai une assemblée des actionnaires et nous verrons comment cela se terminera.

Et furieux, il marcha jusqu'à la berge où il resta, toute la matinée, enfermé sans vouloir voir personne.

L'événement, bien qu'il ait provoqué l'indignation du peuple, n'avait pas semé l'alarme, car personne ne pensait qu'il pouvait se refléter dans leurs comptes courants. Ils croyaient tous de bonne foi qu'il s'agissait de l'affaire du directeur, qui avait l'obligation de veiller sur les dépôts et qui devait être responsable de leur intégrité.

Lorsque la banque a fermé, Hamson a été contraint de se rendre au bureau du shérif. Il avait envoyé un mot pour lui rendre visite et Hamson est venu dans une fureur.

« C'est un vrai scandale, Lang ! C'était son premier commentaire. « Vous êtes le shérif du village et vous restez si calme dans vos bureaux sans savoir que les braqueurs hantent Nirvay comme des fourmis dans les arbres. Réalisez-vous votre responsabilité ?

"Pourquoi?" Répondit le shérif agacé. Y avait-il des signes de hors-la-loi dans les environs ?

« Y a-t-il un endroit en Occident où ils n'existent pas ? Je vous trouve très désemparé, Lang.

« Ce sera votre opinion. D'un autre côté, m'avez-vous dit que vous comptiez faire un envoi aussi dangereux ?

« Est-ce que je devais annoncer mes transactions ? » hurla le banquier. " Si l'on prenait le plus grand secret qui soit arrivé, que serait-il arrivé de se promener avec la veste en la montrant à tout le monde ?

« Ne gâchez rien, monsieur Hamson. Il suffisait qu'il m'ait prévenu. J'aurais personnellement accompagné la scène à Seneca.

« Et ça ? Tu me dois peut-être la vie pour ne pas t'avoir prévenu, mais au mieux, à supposer que tu sois pris pour un ogre, le coup serait venu plus tard. disparu avant !

« C'était un événement fortuit. Je crois que même le voleur lui-même ne songeait pas à l'importance du coup qu'il allait porter.

" Non ? Et qu'en est-il de l'intervention de Frank ? Il est parti quand du bétail a été volé dans mon pâturage et a été reconnu par un de mes péons ; il revient quand on m'a volé cinquante mille dollars et intervient de la manière la plus étrange... J'espère que vous n'ont rien cru de cette histoire absurde qu'il a racontée.

« Comment puis-je me soutenir pour cela ?

« Tout simplement dans son passé. Sa performance est très sombre et je pense qu'il était en combinaison avec le voleur.

« Pour voler sa veste en cuir ?

« Pas précisément pour ça, mais pour dévaliser la scène et voler les valeurs du courrier. Je soupçonne qu'il est venu avec un collègue et comme on l'appelle ici, il l'a envoyé en grève, en attendant de l'aider. Lorsqu'il le vit triompher, il se présenta en sauveur des voyageurs et pour justifier son arrivée.

Il savait qu'ils allaient lui dire que le voleur venait de s'enfuir et a fait semblant de le poursuivre. Elle l'a sûrement accompagné jusqu'à la rivière pour faciliter son évasion et le guider. Je garderais un œil attentif sur Frank. Je suis convaincu qu'un jour ou l'autre il cherchera son partenaire pour réclamer sa part du butin. Alors il dira qu'il a gagné de l'argent en Occident et qu'il vient s'installer... Que savez-vous de ses pérégrinations là-bas ?

« Rien ! Pourquoi ai-je dû m'occuper de lui ?

"Bien sûr, mais... tu verras ce que c'est. Mon cœur me le dit.

« Eh bien, je n'ai pas encore lâché sa main. Je vais le harceler de questions, je vais le forcer à prendre conscience de sa vie, et surtout, de ses pas quand il reviendra et je le ferai surveiller... Je ne peux pas faire plus, car sans test il n'est pas permis de détenir lui.

« Eh bien, il peut regretter de ne pas l'avoir fait. Un jour il lui glissera des mains comme des anguilles et il ira avec mon argent pour y réussir et vivre à merveille.

« Nous veillerons à ce qu'il n'en soit pas ainsi. J'ai passé des commandes dans toute la région pour enquêter. Quelqu'un a dû voir un cavalier sur un cheval noir.

" Beaucoup de ! Et ils arrêteront une centaine de citoyens qui montent des chevaux de cette couleur... Toi-même tu pourrais être arrêté si tu partais pour avoir un cheval noir. J'en ai deux, Isaac White en a un...

« D'accord, mais il n'y a plus d'indications. C'est-à-dire que la veste en cuir reste.

« Qu'ils ne le porteront pas autour du cou pour l'afficher comme un trophée. Le sac paraîtra un jour vide dans un ravin et là l'histoire sera morte.

Le shérif, assailli par le pessimisme de Hamson, a demandé :

« Pouvez-vous penser à d'autres étapes pour découvrir l'auteur ?

« Si j'étais shérif, je penserais à beaucoup, car je n'aurais pas peur d'agir. Tout d'abord, je mettrais Frank en prison.

"Je ne peux pas le faire.

« Pas même pour le vol de mon bétail ?

Pas pour ça. Cela ne s'est pas produit pendant mon mandat et pour autant que je sache, cela n'a pas été prouvé de manière fiable.

" Déjà ! Comme cela ne sera pas prouvé. Le serveur est malin, mais Lang, marchez sur vos pieds. Si vous ne vous résolvez pas vite et bien, je vais devoir user de mon influence dans le contour afin qu'un shérif plus compétent et énergique est nommé, rumine ça, ça t'intéresse.

« Eh bien, vous pouvez le faire, je ne le conteste pas. Si vous voulez un shérif à votre convenance, qu'on le nomme, mais je suis fait sur mesure de justice ni plus ni moins.

Hamson, choqué, se leva en criant :

« Est-ce un défi, Lang ?

« C'est une raison. Je ferai ce que je jugerai nécessaire, mais je n'irai pas jusqu'à jeter de la saleté dans mes yeux pour qui que ce soit.

"Eh bien. Il se souviendra de cette menace.

Et furieux, il quitta les bureaux, laissant le shérif encore plus furieux qu'il ne l'était.

L'irascibilité du banquier était exacerbée pendant les heures de l'après-midi où il continuait à travailler à la Banque, et ainsi, à la tombée de la nuit, il retourna à sa ferme, c'était un coup de feu qui allait exploser à plein régime.

La dernière personne à souffrir des abcès biliaires de Hamson ce jour-là était Dennis, qui, tout à fait remis du coup subi la veille, était venu rendre visite à Sylvia et témoigner au banquier de la perte subie.

Lorsque Hamson fixa ses yeux féroces sur le visage du jeune homme pimpant et découvrit les marques du terrible coup sur ses lèvres gonflées, il le regarda sévèrement en disant :

« Quel genre d'homme êtes-vous, Dennis ? Est-il de ceux qui, suivant les maximes chrétiennes, lorsqu'il reçoit une gifle, met l'autre joue pour recevoir la seconde ? Si c'est le cas, je doute que vous ayez une autre bouche à lui offrir et qu'ils la mettent car ils vous ont donné la seule qu'ils ont.

Dennis, rouge de honte, s'écria :

"M. Hamson, tu es injuste. Je suis sorti pour défendre sa fille et j'ai voulu punir ce type, mais j'ai raté le coup et je n'ai pas eu le temps de répondre au sien. Je ne pense pas avoir fait preuve de peur.

« Mais oui, nullité, ce qui pour le cas est le même. Je n'aime pas ça, Dennis. Celui qui aspire à obtenir la main de ma fille doit être un homme dans tous les sens du terme. J'admets que je t'ai pris au dépourvu et écrasé ton visage, mais qu'as-tu fait depuis hier soir ?

"Rien, mais je le ferai. Je souffre et je dois réfléchir à la façon dont je vais résoudre le problème. Vous savez que je ne suis pas un tireur ; je brandis une arme comme beaucoup, mais pas comme Frank. Si j'étais si stupide que je cherchait un revolver à sa ceinture, ce serait autant que se suicider par la main de quelqu'un d'autre.

« Eh bien, quelle est ma faute si son père n'a pas su l'éduquer pour l'Occident ? Est-ce un nid de papillons ? Ici, vous devez vous défendre avec ingéniosité et armes. Je suis un homme instruit pour la société parce que j'ai décidé de le faire et c'est pourquoi j'ai atteint la position brillante que j'ai ; Mais j'ai aussi appris à manier les armes défensives comme Dieu l'ordonne, afin que personne ne me maltraite parce qu'ils me voient porter une redingote, un gilet fantaisie et une chemise à col blanc avec un foulard.

« Tu t'es juste occupé de la robe et tu n'iras nulle part avec ça, Dennis. Je suis désolé de te le dire, parce que je t'apprécie beaucoup et je t'ai donné de l'agressivité pour courtiser ma fille, mais à partir de là parce qu'un jour je ne pourrai pas la défendre si quelqu'un l'insulte, pas ça. Vous avez été humilié aux yeux de tous, vous ne pouvez pas l'oublier et ce n'est qu'en lavant l'offense que vous regagnerez l'estime du peuple.

« Ingérez-les pour cela et n'oubliez pas que puisque vous êtes l'offensé, vous avez le droit de prendre l'initiative. C'est un grand avantage pour éviter beaucoup d'histoires avec le shérif. Si vous avez quelque chose en tête, vous comprendrez ce que je dis et agirez en conséquence.

Et sans vouloir entendre plus de raisons, il laissa tout confus et honteux pour s'enfermer dans son bureau.

Dennis est venu à Sylvia pour un palliatif et de l'aide, mais son humeur n'était pas meilleure que celle de son père. Elle avait écouté toute sa diatribe et bien qu'elle ait peaufiné son éducation dans une école, elle restait une femme de la région, où le sang de l'Occident et ses atavismes ne se démentaient pas.

Aux lamentations du jeune homme, il répondit :

« Je suis désolé, Dennis, mais je ne peux pas comprendre la raison de mon père. J'avoue que Frank t'a pris au dépourvu et t'a assommé d'un seul coup, mais tu ne peux pas laisser ça comme ça... Tu ne comprends pas que tu serais la moquerie de la ville ?

"C'est bon, Sylvia. Je n'ai pas dit que j'essayais d'éviter une rencontre avec ce cow-boy sauvage, mais … je dois regarder comment je le fais. Frank est un tireur et je ne suis pas à sa hauteur avec une arme à feu dans la main.

« Mais tu as deux poings, Dennis. Je connais Frank et je sais qu'il n'est pas capable d'utiliser des armes que son opposé n'est pas capable d'utiliser. Je ne sais pas ce qu'il a pu faire, ni de quoi on peut l'accuser précisément, mais je l'ai traité longtemps et j'ai pu constater qu'il agissait toujours avec noblesse.

"Peut-être qu'il est" le bandit généreux ". Un Jesse James ou un Billy "the Kid"", a commenté avec ironie Dennis.

«Je ne sais pas ce que ce sera, et je m'en fiche. C'est fini, mais je suis assez juste pour me conformer à la vérité.

« D'accord, il semble que vous ayez comploté pour me lancer dans une entreprise dangereuse. Je ne suis pas un lâche, je vais vous montrer plus que tout, mais bien que je ne sois pas un lâche, je ne suis pas un fou qui met sa tête dans une souche pour être emprisonné.

Et furieux de la violence de cette situation, il prit son chapeau et partit sans dire au revoir.

CHAPITRE V

CE QU'UN HOMME NE PEUT PAS ENDURER

Frank passa toute la journée du dimanche dans l'intimité du foyer, avec son père, qui lui donnait de très précieuses informations sur la vie du village pendant les trois années que le jeune homme avait été absent.

C'étaient des données qui, en plus de le ramener à une époque plus heureuse et plus longue que le présent, lui serviraient bien, puisque son but à son retour au Nirvay était de s'y installer définitivement.

Le vieux Neil, toujours fort et droit, satisfaisait toutes les questions de son fils, en particulier concernant Hamson et ses activités. Le banquier flambant neuf avait été la cause de tous ses malheurs, et Frank revenait avec l'intention délibérée de rembourser ses mauvais moments passés, si possible, à la pelle. Quant à Sylvia, il avait été profondément déçu de la trouver si changée et si attachée aux théories de son père, en proie à la folie des grandeurs.

Une profonde amertume le saisit d'avoir pu vérifier que la bonne amitié qui les unissait, cette explosion d'amour simple et sain qui n'éclatait pas entre eux en paroles, mais qui avait été tacitement admis par l'un et l'autre, n'avait pas seulement à sec. et mort, mais la racine vénéneuse s'était transformée en un mépris qu'il ne pouvait admettre.

Sylvia ne semblait ni meilleure ni pire que son père. Elle avait été séduite par le spectacle de la grandeur et était prête à sacrifier son cœur et sa jeunesse à un amour stupide et insensé, dont l'ampleur avait été mesurée par le capital que pouvait posséder le père de Dennis.

Frank ne pouvait pas expliquer le changement de ses sentiments. Elle connaissait Dennis comme elle devait le connaître, et sans envie ni passion, étudiant froidement les conditions du jeune homme, elle ne trouva en lui qu'un type vide et choyé, utile pour s'exhiber et dépenser, dépourvu de toute initiative et de tous les nerfs et tellement payé de son type et de son héritage sûr, qu'il a dû tout sacrifier à la pose et au flash.

Ce n'était pas un homme de l'Occident, et il ne pourrait jamais l'être. Toute la fibre de l'environnement qu'il avait respiré était morte en lui, et si Hamson, qui malgré tous ses défauts, était agressif, tenace et dynamique, il croyait que cette poupée vaniteuse pourrait un jour prendre la direction de son entreprise, émergeant avec brio. l'entreprise, il avait plus que tort.

Bien sûr, ce n'était pas son truc. Sylvia pouvait choisir qui elle voulait et faire ce qu'elle voulait avec son cœur, mais elle ne pouvait pas admettre qu'elle le traitait avec l'agressivité qu'elle l'avait traité, ni regardait ainsi par-dessus son épaule, alors que rien ne s'était passé entre eux pour justifier une telle attitude.

Frank savait que tout cela était le travail patient de Hamson, mais cela le blessait qu'elle soit faite d'une cire si malléable qu'il avait été si impressionné.

Eh bien, maintenant, toute amitié avec la jeune femme était rompue, aucun obstacle ne l'empêchait de rendre au banquier les coups qu'il avait tenté de lui porter. C'était une dette impayée, qu'il ne voulait pas oublier. Hamson l'avait mal jugé comme un ennemi, l'avait jugé comme un triste ouvrier de ranch n'ayant d'autres aspirations que de profiter du capital du banquier par le biais d'un mariage avec sa fille, et il allait lui prouver qu'il avait tort. C'était un vrai homme de l'Occident, avec les nerfs pour réaliser ses aspirations et le moment de faire le show était venu.

Les trois années qu'il avait passées hors de sa ville natale avaient été pour lui un apprentissage difficile mais reproductif des enseignements de la vie. Face au bien et au mal, il avait parcouru le chemin qui les délimitait, cherchant un moyen de faire fortune sans que cela ne lui soit favorable depuis longtemps.

Il avait été ouvrier dans certains ranchs, broyeur de bétail, homme de confiance d'un marchand de bétail, avec qui il a réussi à gagner quelques centaines de dollars "les premières économies de sa vie", et plus tard, fatigué de la lenteur à rassembler un montant méritant ce gaspillage d'énergie, elle a décidé de tout jouer sur une seule carte.

Les mines d'argent du Nevada l'ont séduit. Il ne comprenait pas les mines, mais il avait du muscle, de la ténacité, de l'audace et du culot, et utilisant toutes ses économies pour acquérir du matériel décent, il partit dans les montagnes à la recherche de coutures.

Il eut un moment de désespoir lorsque ses possibilités furent épuisées avant de découvrir une minuscule particule du métal précieux ; jusqu'au jour où il rencontra une veine faible à un endroit où, un peu plus tard, l'argent commença à couler abondamment.

La nouvelle de la découverte a attiré une société d'exploitation et elle a commencé à acquérir les concessions. Il y avait une mauvaise offre pour le filon du pauvre Frank, mais Frank l'a fermement rejetée. Il mourait de faim, il était sur le point d'être contraint d'abandonner l'exploitation, mais il ne voulait pas céder la place à l'entreprise. Il avait deviné que celui-ci avait besoin de sa concession nichée au cœur de ceux déjà acquis, et il voulait la faire bien payer.

Il y eut une grande lutte, jusqu'à ce que, enfermé dans un numéro, il réussisse à se faire reconnaître alors qu'il n'avait plus le courage de résister. Cinquante mille dollars était sa position et il voulait tout ou rien.

Lorsqu'il reçut le chèque de la concession, il estima que ses pérégrinations dans l'Ouest étaient terminées, et un jour, sans prévenir, sans aucune hâte, souhaitant se reposer de tant de fatigue dans un voyage doux et agréable à travers la région qui l'a vu née. Il retourna à Nirvay sur le dos de son fidèle cheval, dont il n'avait pas voulu se débarrasser même dans les moments les plus difficiles.

Le chèque a été déposé à la Bank of Marsland, la fin de la route des diligences du Missouri. Il n'avait pas encore décidé ce qu'il ferait de la capitale et ne voulait pas l'exposer au public avant que le moment ne soit venu. Son idée était d'acquérir un ranch dans la ville et de commencer sa campagne agressive contre Hamson. Il devait étudier les vulnérabilités du banquier divinisé et quand il l'aurait, il commencerait son offensive.

Le père de Neil, connaissant son fils, avait peur de ses crises et lui conseilla de se calmer. Hamson était un homme très influent dans le village et il pouvait lui causer un nouveau bouleversement, comme il essaya de le faire lorsqu'il avait assez d'habileté pour l'accuser d'avoir tenté de voler son bétail.

Mais Frank, en riant, répondit à son père :

"Ne vous inquiétez pas pour ça. L'Occident m'a appris beaucoup de choses. Je sais me battre sur tous les terrains. Si ici je ne trouve pas quelqu'un qui a le cran de m'affronter un revolver à la main, je le rangerai et utiliser d'autres types d'armes, mais cela ne veut pas dire qu'elles seront moins terribles. Parfois, il vaut mieux mourir dignement avec un revolver à la main que d'être exposé à mourir comme un coyote galeux, coincé dans un trou, méprisé par les gens.

« Quelle est votre idée, Frank ? » Demanda le vieil homme.

« Je ne sais pas encore, mon père ; Je dois m'orienter. Je préfère les avoir dans la conviction que je reviens sans le sou. S'ils savaient que j'ai de l'argent et que j'ai l'intention d'acheter un ranch ici, Hamson userait de son influence pour empêcher qu'on me le vende. J'attendrai. Ah ! Comment fais-tu de l'argent?

« Si vous avez besoin de quelque chose pour finaliser l'achat, vous pouvez avoir jusqu'à dix mille dollars. Le reste est investi dans l'entrepôt.

« Non, je n'en aurai pas besoin. Où avez-vous l'argent?

« A la banque Hamson, il n'avait pas d'autre choix. L'avoir emmené à Sénèque, à part combien c'est agaçant de devoir s'y rendre pour effectuer les transactions. Hamson aurait boycotté mon affaire.

"Eh bien. Cela me fait plaisir en partie, car cela me donne le droit d'intervenir dans les opérations bancaires de ce crapaud. Il fait du commerce avec notre argent et cela l'oblige à rendre des comptes.

Le père de Frank se raidit et demanda soudain :

«Et maintenant que vous parlez de trading. Que va-t-il se passer avec ce vol ?

" Que veux-tu dire?

« Simplement, qui va perdre ce qui a été volé.

" Ray ! Qui va le perdre ? Hamson...

" Vous pensez ? Alors, vous ne le connaissez plus. Pendant votre absence, il y a eu un braquage qui n'a toujours pas pu être éclairci. Quelqu'un a pu forcer une fenêtre, entrer la nuit, et s'approprier quelques milliers de dollars que le caissier avait dans le tiroir de son bureau pour un paiement qu'il devait effectuer très tôt.

«Hamson convoqua les titulaires de comptes et leur fit voir que la Banque n'avait pas sa propre monnaie, mais celle qui lui était confiée et que puisque la disparition avait été fortuite et que personne ne pouvait être blâmé, personne n'avait à payer sur leur poche privée les disparus. La formule consistait à réduire le petit pourcentage d'intérêt du capital pendant un certain temps, jusqu'à ce qu'il couvre ce qui a été volé.

"Les cloches des enfers!" Cria Franck. Cela ne peut pas être... Qui a dit que la Banque n'avait pas son propre argent ? Hamson n'échange-t-il pas les dépôts et n'utilise-t-il pas l'argent dans des transactions commerciales rentables ? Non... Il ne fera pas semblant, mais s'il le fait, Nirvay va brûler avec tout ce qu'il contient. Il me semble que cela va être le point faible où sera reçu le premier live. Je suis content que tu m'aies prévenu de ça.

Le lendemain, Frank a reçu un message du shérif pour se présenter à leurs bureaux. Le jeune homme, un peu méfiant, a répondu à l'appel.

« Me voici, monsieur Lang, dit-il. Dites-moi de quoi il s'agit.

Le shérif, après avoir réfléchi à la réponse, demanda :

"Voyons Frank, gardez à l'esprit que je ne préjuge de la performance de personne et donc, je ne préjuge pas de la vôtre, mais n'oubliez pas que ma mission est d'enquêter sur tout ce qui s'est passé jusqu'à la dernière limite et d'en tirer les conséquences si possible et de suivre un indice s'il y a de la place pour cela.

"Très bien, je ne le conteste pas.

« Par conséquent, je vous prie de ne pas vous exalter et de répondre à mes questions en toute sincérité. Je suis dans une situation difficile et j'avoue que c'est à cause de vous. Au moins, aidez-moi à le résoudre.

"Pour mon bien ? Je ne te comprends pas...

"Eh bien, je vais vous parler clairement. Hamson est furieux. Je le comprends parce que l'affaire doit l'être. N'oubliez pas qu'il vous en veut pour des choses qui ne m'importent pas et que cela et votre arrivée prématurée au village ont éveillé en lui certains soupçons qu'il a essayé de me faire partager, simplement parce qu'il les a conçus.

"Parce que j'ai résisté, il a menacé de m'influencer pour me remplacer, ce qui m'est égal, mais je me soucie qu'il ne vienne pas un moment où il pourra m'accuser de ne pas avoir rempli mon devoir à la limite.

« Je veux te comprendre. De quoi s'agit-il?

« D'où veniez-vous quand vous êtes arrivé ici ?

"De Marsland.

« Pouvez-vous le justifier ?

« Si nécessaire, de manière fiable.

« Pourquoi es-tu venu à cheval et pas sur scène ? La route est très longue et fatigante.

« C'est vrai, mais j'avais un cheval que je ne voulais ni vendre ni abandonner. D'un autre côté, jusqu'à ce que je sois arrivé à Marsland, j'ai travaillé comme un éléphant, j'ai subi des épreuves et la faim, j'ai tout eu dans ma vie et quand le moment est venu pour moi de me reposer, j'ai voulu rendre le voyage confortable , Calme et paisible. J'avais envie de venir embrasser mon père et j'avais peur de venir pour beaucoup de choses de nature intime.

« Peut-être à cause de cette accusation de vol de bétail ?

« Cela ne m'a jamais inquiété. Je le savais, car mon père me l'a écrit et s'il n'avait pas ramassé sa lettre très loin d'ici et avec beaucoup de retard, je serais revenu mettre un yearling avec des cornes et tout dans sa bouche qu'il aurait eu le cynisme de m'accuser faussement. L'affaire est plus intime.

"Je suppose. Je suppose que vous avez réalisé que l'affaire est morte.

— Oui, mais l'œuvre de Hamson n'est pas morte.

« Mettons ça de côté, Frank. Hamson et de nombreuses personnes ont trouvé que la coïncidence de votre arrivée sur les lieux de l'agression exactement dix minutes après l'agression était trop étrange.

" Et parce que ? La même chose pouvait arriver dix minutes avant ou être arrivée au bon moment. Je vous dirai que lorsque j'étais à une dizaine de minutes de là, l'air a apporté l'écho de plusieurs détonations dans mon oreille, et attiré par elles, J'ai galopé jusqu'au chemin. Quand je suis arrivé, le voleur avait fui par une crevasse dans les pentes en direction du Missouri, et à la demande des voyageurs effrayés qui pensaient que je pouvais l'atteindre, j'ai essayé de le suivre. Ils peuvent confirmer que .

« Ils l'ont certainement confirmé, mais il y a ceux qui soupçonnent que le voleur a agi d'accord avec vous. Que tu lui as donné des instructions pour cambrioler la scène, pour connaître le parcours et les coutumes et que tu t'es présenté peu de temps après pour justifier l'alibi. Il y a aussi ceux qui ne croient pas que vous, excellent tireur, pourriez rater vos tirs à si courte distance et que ce que vous avez fait c'est suivre le braqueur, l'aider à s'échapper et vous assurer que le butin était bon et qu'un jour vous le feriez recevez votre part.

« Est-ce Hamson qui s'en doute ? demanda Frank en grinçant furieusement des dents.

« Réfléchissez-y, pourquoi vais-je le nier ?

" Et tu?

« Je ne suis pas encore allé aussi loin, Frank. Avant de fixer au maximum ce soupçon, j'ai rappelé votre histoire et celle de votre père. Tu as toujours été un garçon impulsif et bourru, mais honnête. Ton père aussi. C'est vrai que quand tu es parti, l'incident du vol de bétail s'est produit, mais... c'est allé à Hamson et Hamson te détestait. Pourquoi n'ai-je pas pu trouver un faux témoin pour te discréditer ?

«J'ai pris tout cela en compte avant de juger et, par conséquent, je n'ai pas voulu tenir compte des suggestions de Hamson. Il est sûr que les choses se sont déroulées comme il le pense et qu'un jour, votre rôle dans l'entreprise sera révélé.

Frank était tendu. Il pensait que le jour où il ferait savoir qu'il avait de l'argent, précisément un montant égal à ce qui avait été volé, ces soupçons pourraient s'accentuer à son encontre.

Agacé par la pensée, il a averti :

« Est-ce que cela signifie que si je montrais des milliers de dollars maintenant, les gens croiraient-ils qu'ils appartenaient au sac volé de Hamson ?

« Exactement, mais puisque je soupçonne que tu es devenu si chauve comment tu es parti...

— Eh bien, ne t'en doute pas, Lang. J'ai de l'argent et précisément une somme égale à ce qui a été volé, mais heureusement, je peux prouver deux choses. Premièrement, d'où il vient et deuxièmement, où il a été déposé bien avant l'agression.

« Tu veux l'essayer ?

"Oui monsieur, mais à condition que vous ne vous rendiez pas compte que j'ai cet argent et que vous le gardez pour vous... Je n'ai pas l'intention de l'afficher jusqu'à ce que j'en ai besoin.

"Mais alors...

"Alors, quiconque veut, accuse-moi. Je peux continuer à montrer que cela n'a rien à voir avec le vol, voyez.

De son portefeuille, il a extrait le contrat de cession de son filon d'argent pour les cinquante mille dollars et le document qui lui avait été remis à la Bank of Marsland, lorsqu'il a fait le dépôt de l'argent.

« Cela vous satisfait-il ?

« Si vous n'avez pas plus d'argent, oui.

"Non. Je n'en ai plus, je le jure.

« Eh bien. Que cela soit oublié. Maintenant, rappelez-vous. Ne pourriez-vous pas me fournir des informations pour effectuer une procédure pour m'aider à résoudre le problème ? Vous serez le premier à gagner, Frank. Vous connaissez déjà Hamson. Il est capable de développer sa théorie pour toute la ville et sa parole sera toujours plus crue que la vôtre.

«Ce serait une situation violente pour vous si les gens, dans le doute, vous admettaient avec des réserves et croyaient au fond de leur cœur que vous étiez complice du voleur.

" Foudre et tonnerre ! S'il me fait ça, je le tue.

"Détendez-vous. Il est plus positif de prouver votre erreur ou votre calomnie. En le tuant sans fournir aucune preuve de votre innocence, vous n'anticiperiez rien.

« Quelle preuve puis-je fournir si je n'en ai pas plus ?

"Je ne sais pas. C'est pourquoi je te dis de faire travailler ta mémoire.

Frank ruminait. Il comprenait les raisons du shérif, qui se comportait maintenant honnêtement et loyalement avec lui, et torturait son cerveau pour l'aider non seulement dans sa gestion, mais pour son propre bénéfice.

Soudain, il sauta sur le siège et se leva en s'écriant :

« Écoute, je vais essayer ce test, mais pas maintenant. Peut-être que ce n'était pas seulement pour moi, mais pour Hamson, et je ne veux pas du tout lui profiter. Avant, je veux connaître son jeu et ce n'est que lorsque j'en suis convaincu que je pourrai ou pourrai y contribuer. C'est quelque chose de très improbable et pour la même raison que je peux échouer, je ne vous le dis pas. Laissez-le croire ce qu'il veut et utilisez sa langue comme bon lui semble. Un jour, je le ferai mordre et s'empoisonner avec.

« Vous avez tort de ne pas me le dire, Frank. Je te montre de te traiter comme un ami.

"Et je l'apprécie car vous n'en avez aucune idée, mais je ne veux pas risquer l'échec et vous laisser douter qu'il s'agissait de l'épilogue d'une histoire qui prend déjà trop de vols. Si je peux apporter cette preuve, vous serez le d'abord pour le savoir, je vous le promets.

« Eh bien, je vais devoir me résigner. La mauvaise chose est que de cette façon, nous ne pouvons rien faire avancer et Hamson ajoutera de l'huile sur le feu et les choses deviendront très serrées. J'ai peur qu'un jour je doive être en colère contre lui, ce qui sera autant que d'être en colère contre le poste, et si je le laisse ... il pense qu'il nommera quelqu'un de sa marque pour soutenir ses plans et vous donne beaucoup à faire.

"J'espère que non. Restez ferme et dites-lui que vous travaillez sur l'affaire. J'espère qu'il ne lui faudra pas plusieurs jours pour lui faire passer ce test ou... échouer et ensuite...

Et d'un geste moqueur, il quitta les bureaux.

CHAPITRE VI

LE COMBAT

Après avoir quitté les bureaux du shérif, il a décidé de se promener en ville, de se présenter, de cultiver de vieux amis et de puiser dans l'opinion publique. En trois ans d'absence, il aurait pu se passer des choses qu'il ignorait et qu'il voulait connaître du climat des habitants, connaître exactement les possibilités sur lesquelles il pouvait compter lorsqu'il a commencé son offensive contre Hamson.

Il se rendait directement au bar d'Oliver Kukon, l'établissement public le plus convenable de la ville, où commerçants et industriels se réunissaient pour jouer aux dés ou au poker et échanger sur la situation du marché, ou bavarder un peu sur les petits. incidents locaux.

C'était le crépuscule, les lumières de l'établissement commençaient à briller sur la pénombre bleue qui planait sur la route poussiéreuse, et la clientèle, bien que peu nombreuse, était abondante.

Dès qu'il a franchi la porte, il a découvert plusieurs visages bien connus. Pat, le barbier, qui, lorsqu'il n'avait pas de client sur les mains, se hâtait de franchir l'ouverture pour se tremper la gorge ou jouer sur le verre à côté des dés ; le forgeron, qui avait déjà fermé son établissement ; M. Wilker, le pharmacien, reconnaissable à son long nez pointu et à ses lunettes qui, insoumis, peinaient à jouer sur le toboggan ; Jackson, le propriétaire de la mercerie à côté du bar, et plusieurs autres clients qui, maintenant, lorsqu'il les affronte à nouveau, lui font oublier qu'il est absent depuis trois ans.

Il découvrit aussi deux anciens péons du ranch de Hamson avec qui il avait vécu à l'amiable et d'autres dont il fréquentait moins les relations, mais qui ne lui étaient pas étrangers.

Frank s'attendait à un accueil chaleureux de la part de tout le monde. Ce n'était pas qu'il pensait qu'ils allaient pleurer d'émotion quand ils le reverraient parmi eux, mais il croyait que sa vieille amitié lui donnait le droit d'attendre de chacun une forte poignée de main et un moment de conversation agréable, prenant un intérêt pour leurs aventures. .

Sa surprise fut grande et douloureuse, lorsqu'après son salut effusif il y eut une réponse générale sèche et douce et quelques gestes forcés, pour justifier que chacun ne soit pas plus expressif avec lui.

Ceux qui ont joué nerveusement ont commenté la progression du jeu ; Les deux péons élevèrent la voix, feignant une dispute qui n'existait pas et ainsi chacun ignora Frank qui, debout au centre de l'établissement, ne savait quelle attitude prendre.

La situation était si violente qu'il a voulu saisir chacune des oreilles et les secouer comme des lapins rebelles, puis appliquer un coup retentissant derrière les appendices de l'oreille.

Calmement il se dirigea vers le comptoir, et se plaçant devant le propriétaire, il s'écria :

« Bonsoir, Oliver. Que se passe-t-il ici ? Y a-t-il des malades, ou est-ce que les gens ont perdu le sens de l'éducation ?

Oliver, un peu confus, répondit :

"Salut Frank. Non... Il n'y a pas de malade... sinon... je ne sais pas... Les gens sont un peu distraits depuis longtemps. Il y a beaucoup d'inquiétudes...

Et très peu de décence. Donnez-moi un verre de whisky.

Oliver se précipita pour le servir tout en le regardant sérieusement du coin de l'œil. On pouvait dire que lui aussi était inquiet et en proie à la même nervosité qui tourmentait tout le monde.

Frank prit le verre, le prit avec sa main droite, tourna le dos au comptoir, s'appuyant contre le complaisant, et avec le talon de sa botte haute reposant sur la barre de pied, il promena son regard interrogateur autour de l'endroit.

Ses yeux perçants observaient la confusion qui dominait tout le monde. Chacun adoptait une posture qui le plaçait de telle manière qu'il n'avait pas à l'affronter et celui qui n'y parvenait pas avait la tête penchée sur les cartes ou les lunettes et ses yeux jetaient un coup d'œil, faisant semblant d'observer sans être observé.

Frank, souriant d'un air énigmatique, les examinait un à un en silence. On aurait dit qu'il essayait de lire dans leurs gestes et leurs postures le mépris qu'ils éprouvaient pour lui et peut-être la raison qui les obligeait à le montrer de cette façon lâche.

Il n'en connaissait pas la raison, même s'il soupçonnait que cela résidait dans l'influence de Hamson et peut-être dans ses théories pour vouloir l'impliquer dans l'assaut tragique de la diligence du Missouri, mais il aurait été plus reconnaissant pour une attaque au visage, la grossièreté d'une accusation virile, erronée ou vraie, que cette indécente et manque de toute virilité.

Soudain, il se sentit frisé. Ce n'était pas eux mais lui qui se trouvait dans une situation lésée, et pris d'un accès de rage, il saisit le verre qu'il tenait de ses doigts nerveux et le brisa de colère contre le sol en criant :

« Eh bien, messieurs, j'attends une explication !

Un silence de mort suivit le fracas étouffé du verre contre la plate-forme du sol. Le jeu était coupé, les buveurs laissaient doucement leurs verres sur les plateaux de table pour ne pas faire de bruit, et des dizaines d'yeux, dans lesquels se reflétait l'étonnement, se regardaient d'un air interrogateur, évitant de trébucher sur le fougueux et fougueux Frank .

Ce dernier, constatant que personne ne répondait à sa question, s'avança froidement en disant :

« J'attends une réponse, messieurs.

James Lawson, le propriétaire d'une scierie, peut-être le plus grossier et le moins timide de tous, crut faire allusion plus directement à lui lorsqu'il remarqua que les yeux de Frank, se tournant, étaient fixés sur lui, et se levant, il s'écria :

« Tu veux dire quelque chose de précis, Frank ?

Il sourit évasivement et répondit :

« Eh bien, Dieu merci, il y en a même un qui se révèle moins lâche que les autres. En effet, monsieur Lawson, je fais référence à quelque chose de précis : je suis absent d'ici depuis trois ans; Je suis parti en franche amitié avec tout le monde ou presque tout le monde présent, et maintenant, quand je reviens et que je vous rencontre à nouveau, au lieu de retrouver cette chaleur d'amitié que j'ai laissée quand je suis parti, je trouve que j'ai été accueilli comme par engagement et même avec dégoût. Je pense que j'ai le droit de leur demander pourquoi, même si je me fiche de savoir pourquoi plus tard.

Lawson, d'une manière insaisissable, a répondu :

« Je ne pense pas qu'on puisse s'attendre à ce que les gens maintiennent une amitié éternelle lorsqu'ils considèrent que ce n'est pas commode pour eux de le faire.

"En effet, je ne le prétends ni ne le désire, quand il ne naît pas du cœur, mais je me sens obligé de demander à celui qui jusqu'à hier était mon ami, pourquoi il a cessé d'être un ami alors qu'il n'y avait aucune raison pour cela.

"Tu penses qu'il n'y en avait pas ? Frank, tu nous connais tous. Bien qu'en ce moment je parle pour moi, je crois que j'interprète les sentiments des autres. Nous avons toujours été cordiaux dans nos amitiés, mais quand quelqu'un a cessé de le mériter, nous n'avons pas essayé de l'abattre. Il suffit d'arrêter de le cultiver. Vous croyez qu'il n'y a pas de raison et nous croyons qu'il y en a... au moins jusqu'à ce que vous nous fassiez tomber de l'erreur.

« Quand vous êtes parti, des accusations spécifiques ont été portées contre vous. Peut-être n'étaient-ils pas si précis qu'ils méritaient de mobiliser tous les shérifs de l'Occident pour vous amener ici pour répondre d'eux, mais vous avez été très interrogé, et maintenant, quand vous revenez après le temps, non seulement vous ne venez pas effacer ça , mais vous vous voyez mêlé à une affaire aussi sombre que celle-là.

«Il n'y a aucune preuve contre toi dans celui-ci non plus, mais tu n'as pas non plus clarifié comme la lumière du soleil qu'il ne peut y avoir aucun soupçon.

Chacun a sa susceptibilité et lorsqu'il croit qu'une personne ne remplit pas les conditions morales qu'il juge justes pour cultiver son amitié, il la quitte et... c'est tout.

Il y eut un moment d'attente énorme parmi les habitués de l'établissement lorsqu'ils entendirent le vieux scieur s'exprimer avec cette fermeté grossière mais sensible contre laquelle il n'y avait pas de place pour des manifestations de violence.

Frank l'écoutait à travers les dents serrées, ses yeux fixés sur les siens. Il recevait la cuillerée amère avec le plus de flegme possible, bien que dans sa poitrine un flamboiement de rage brûlait, non contre l'interlocuteur, mais contre celui qui avait allumé le tison de la méfiance et du mépris.

Lorsque Lawson eut fini de parler, Frank répondit calmement :

« Merci beaucoup pour votre franchise, M. Lawson. Je veux admettre les raisons que vous me donnez pour justifier votre attitude, qui est celle de toutes les personnes présentes et peut-être celle de ceux qui ne le sont pas. Eh bien, je ne peux m'opposer à aucune raison pour le moment, mais vous oubliez que mon ennemi n'a pu opposer, malgré sa vieille haine, rien qui puisse satisfaire sa vengeance et vous amener à le penser. Je sais d'où vient le coup et je le porte comme un parfait combattant que je suis.

«Je ne peux pas vous reprocher votre crédulité enfantine et d'autant plus que, oubliant mon histoire et celle de ma famille, vous m'avez cru capable de commettre des actes ignobles et êtes venu me présenter avec cynisme devant vous. Là leurs consciences au moment de se rendre compte, mutuelle de leurs erreurs. Pour ma part, je dirai seulement que je ne prends pas en considération ce mépris immérité. Il reste beaucoup de jours de lutte, beaucoup de choses à clarifier et beaucoup de choses à savoir, mais je vous dirai que le jour où les choses s'éclairciront et elles s'éclairciront car je suis le premier à m'y intéresser, ne venez pas à excusez-moi. Par Judas, ne le fais pas, parce que le premier qui viendra le faire, je lui mettrai cinq balles pour être stupide !

«Je suis content que cette situation se soit produite, car cela m'épargne de nouveaux rougissements que je ne sais pas comment je pourrais m'adapter, mais écoutez ceci: je suis venu me battre et je me battrai. Vous vous êtes laissé dominer par celui qui vous exploite et impose vos critères et le jour viendra où vous réaliserez votre comportement de mouton. Je suis un homme libre qui n'admet pas la tutelle et je vais m'en débarrasser. Nous allons nous amuser dans cette ville et je ne serai pas le moins de rire quand ils se produiront. Merci beaucoup, M. Lawson, pour votre honnêteté.

"Nous aurons l'occasion de rediscuter du sujet, mais quand c'est moi qui dois les humilier, comme ils ont essayé de m'humilier, se moquant d'eux de choses plus tragiques et surtout plus réelles que ces accusations stupides.

Il se tourna vers le comptoir, jeta quelques pièces sur la boîte et se retourna, se préparant à quitter le bar suivi avec inquiétude par les regards fuyants de toutes les personnes présentes.

Les paroles du jeune homme les avaient laissés confus et embarrassés. Il y avait en eux de la retenue et de l'acceptation, mais aussi une fermeté et une agressivité cachées, quelque chose comme une fibre cachée de confiance et d'assurance qui le faisait mépriser les rumeurs non confirmées qui lui avaient été attribuées.

L'espace d'un instant, ils se regardèrent tous confus, comme s'ils se demandaient s'ils avaient bien eu raison de se comporter ainsi avec lui ou si, au contraire, ils avaient commis l'une des plus grandes et des plus impardonnables horreurs de sa vie.

Mais il n'y avait plus de remède. L'amitié avait été rompue et selon l'avertissement de Frank, il n'avait aucun sang-froid possible.

Au moment où Frank atteignit la porte, une silhouette s'interposa, le forçant à faire quelques pas en arrière. C'était Dennis, et Frank, malgré sa colère qui l'inquiétait, découvrit au point qu'il était ivre.

Dennis n'était pas exactement ivre, mais il était sous l'excitation de l'alcool.

Les mots durs de Hamson, l'attitude froide et un peu méprisante de Sylvia et un peu de conscience de se savoir dans une fausse position après l'incident de la Poste, l'ont contraint à effacer l'outrage subi et, comme il le savait, moins risqué et déterminé que son rival, il a choisi de se valoriser dans le courage faux et éphémère que prête l'alcool.

Dennis avait bu plus que nécessaire dans certaines des tavernes locales qu'il recherchait pour Frank, et alors qu'il remplissait son estomac d'alcool, sa tête s'emplissait de vapeurs agressives et ses paroles prenaient des tons de violence et d'agressivité.

Partout où il passait, il se vantait d'avoir cherché Frank tout l'après-midi pour le défaire avec ses poings, jusqu'à ce que quelqu'un qui avait vu le jeune homme entrer dans le bar d'Oliver, lui dise :

« Si vous voulez vraiment le rencontrer, vous n'avez pas besoin de courir longtemps. Je l'ai vu entrer dans le bar de Kukon il y a quelque temps. Vous le trouverez sûrement là-bas.

"Merci," marmonna Dennis. Je vais voir si c'est vrai ou s'il sait que je le cherche et qu'il est caché dans un trou comme des fourmis.

Et d'un pas hésitant, il se dirigea vers le bar.

Frank, en le voyant, devina qu'il venait avec un désir de vengeance et sourit de manière expressive. Il n'aurait pas pu choisir un moment plus propice pour cela, étant donné son état d'esprit.

Impassible, elle le dévisagea, et Dennis, faisant un pas en avant, s'écria d'une voix rauque :

« Qu'est-ce qui ne va pas chez toi, Frank ?

? Vous semblez me regarder comme si vous aviez peur de moi. Vous pensez sans doute que maintenant vous ne pourrez plus me prendre au dépourvu comme l'autre soir et vous n'êtes pas sûr d'avoir autant de succès qu'autrefois.

Ils regardèrent tous Dennis avec étonnement. Ils ne le considéraient pas comme un combattant, encore moins pour se permettre de défier Frank, et un sentiment de curiosité morbide les envahit.

Frank a répondu avec mépris :

"Écoute, Dennis. Je suis un homme qui n'a été effrayé par personne, encore moins un gars inutile et dégingandé comme toi. Je comprends que l'alcool te rend courageux et j'aurais l'impression que les gens ont commenté que j'avais profité de ton infériorité pour vous donner une punition sévère.

« Si tu as vraiment soif de vengeance, et je m'en occupe, parce que tu n'aurais pas dû être très gracieux devant ce crapaud Hamson et encore moins devant Sylvia, dors l'ivresse et quand tu es bien dans ta tête et mesure votre valeur sans fausse vantardise, vous m'aurez à votre disposition pour vous venger.

Dennis a ri d'une voix rauque en disant :

« Ça me fait peur, Frank ! L'autre jour j'étais serein comme tu dis et tu n'as pas perdu de temps à parler. Vous avez pris de l'avance au cas où. Je ne nie pas avoir bu quelques verres, mais ce n'était pas pour prendre du courage, mais pour ne pas s'ennuyer à essayer de te retrouver en vain.

Frank, impatient, répondit :

"D'accord, je voulais sauver les yeux de tout le monde de quiconque m'accuse à nouveau à tort. Si vous pensez être apte au combat, je suis à votre service.

« Alors faussement, hein ? »

Dennis grommela, souriant bêtement. Veux-tu nier que tu étais en tandem

avec ton partenaire et que tu partageais le butin de Hamson ? Et pensez-vous que
les   gens
...?..

Frank, exaspéré par la répétition en l'accusant de ce braquage auquel il n'avait
pris aucune part, ne put contenir l'élan de rage qui le dominait et tendant son
poing de manière fulminante, il l'appliqua sur la bouche encore délicate de Dennis
, le forçant à émettre un terrible cri de douleur.

«   Stupide   charogne   !   Fils   de   loup   !
«

. Rectifie cette calomnie que tu débites en ce moment, ou par Judas je te jure
que je te battrai la gueule ! Fais-le, Dennis, fais-le ou je te détruis ! '

Dennis, enragé par le coup reçu et encouragé par l'entêtement de l'alcool, leva la
main à sa bouche, la retirant pleine de sang et les yeux rougis de colère, il laissa
échapper :

« Je ne rectifie rien, bon sang, sale bandit de grand chemin ! Frappe si tu peux,
mais je te détruirai pour toujours et tu ne seras plus jamais mon cauchemar. Tu es
venu me voler Sylvia et tu n'y arriveras pas.

Dennis, exalté, ému, cherchait un moyen d'appliquer son poing sur le visage de
Frank, mais Frank, froid et serein, l'a facilement esquivé et lui a rendu les coups en
espèces en hurlant :

« Rectifie, Dennis, rectifie ou je vais te faire sauter la gueule ! ...

Dennis prenait les coups jusqu'aux dents, endurait la douleur des terribles
poings, et il giflait furieusement en essayant de répondre correctement, en
grognant :

"Non !... Je ne rectifie pas ! Tireur ! Voleur !...

A chaque insulte, Frank, plus fou, exerçait ses terribles coups et le visage de son
rival était quelque chose qu'il imposait, sans que Dennis ne semble remarquer la
douleur.

Soudain, se sentant touché à la poitrine, il se pencha en avant en rugissant comme
un tigre et se pencha douloureusement en arrière pendant un instant indécis, avec
des yeux rougeâtres et deux terribles cercles violets autour d'eux, puis, sa main
droite s'enfonça dans Dans la poche de sa veste et dans sa main , un énorme
couteau est apparu, scintillant sinistrement pendant un instant, puis cherchant
férocement la poitrine de Frank, sans Dennis, alors qu'il commençait le voyage
mortel, prenant soin des coups brutaux qu'il recevait.

Frank, réalisant le terrible danger dans lequel il se trouvait, fit un bond en arrière évitant brusquement le voyage mortel, étant sur le point de glisser, mais avec une puissante entorse il se redressa en étirant son bras.

Son agilité a réussi à saisir le couteau férocement de Dennis, et en utilisant ses forces cultivées, il a non seulement paré le coup, mais a tordu le bras de Dennis de telle manière que le fermier se pencha à genoux en se tordant comme un sarment de vigne.

Frank a continué à le plaquer au sol, et quand il l'a tenu sans défense, il a fléchi son bras et lentement, savourant l'exploit hideux, a commencé à plier le bras de Dennis jusqu'à ce que la pointe du couteau menace sa gorge.

Un cri d'horreur collectif s'éleva de la gorge de toutes les personnes présentes. Ils ont compris que Frank avait été défié par Dennis et que Dennis avait sournoisement brandi le couteau, évitant toutes les règles sportives dans le combat, mais son infériorité physique était si manifeste que cette fin, plus que le résultat d'un effort dans le combat, était un meurtre de sang-froid.

Ce fut Lawson qui, se levant impétueux, hurla :

« Frank, non, par l'enfer ! Ce n'est pas noble !

Frank hésita un instant ; Il regarda Lawson d'une manière particulière et serrant furieusement l'avant-bras de Dennis, le forçant à laisser tomber le couteau.

Il la prit de la main opposée et se levant, croisa les bras devant son ennemi, qui, à moitié détruit, resta au sol sans la force de se relever.

Puis, d'un ton dédaigneux, il s'écria :

« Dennis, tu es un idiot qui pense par dictée. J'ai dû te tuer pour un imbécile et si je ne l'ai pas fait, c'est parce que je sais que ce n'est pas toi, mais le whisky qui t'a lancé pour me défier. Va-t'en, va-t'en et ne te mets plus jamais devant moi, si tu ne veux pas que je te défasse vraiment.

« Un jour, nous parlerons de ces insultes et vous et ce cochon Hamson me paierez les dommages que vous essayez de me faire.

Dennis, inconsciemment, se leva, et plus humilié que jamais, rampa vers la porte disparaissant du bar.

Frank a rangé le couteau et, regardant les clients, était également absent. Il leur avait donné la preuve de sa chevalerie en ne tuant pas Dennis comme c'était son droit. Rien ne lui importait ce qu'ils pensaient de son action.

Il est vrai qu'au paroxysme de la fureur il avait été sur le point de ne pas s'arrêter lorsqu'il pliait le bras de son rival, mais un sentiment de noblesse l'avait retenu.

Une chose servait de palliatif à la fureur. Supposons le geste de vinaigre que ferait Hamson lorsqu'il apprendrait la fin de l'aventure et l'amertume et la rancune que subirait Sylvia lorsqu'elle connaîtrait le nouvel échec de son stupide fiancé.

Mais ceci, étant quelque chose, ne satisfaisait pas tout à fait Frank. Son estime de soi, sa dignité et son honnêteté ont été blessées et remises en question. De toute évidence, ils le lui avaient fait savoir au bar et bien que sa conscience soit claire, il ne pouvait éviter l'amertume de se savoir si injustement accusé de la méchanceté et de la haine de Hamson.

Mais chacun aurait son tour. Dennis en avait déjà eu une partie, alors ce serait au tour du pieux banquier qu'il devait humilier bien plus bas qu'il n'avait tenté de l'humilier, et puis...

Il n'éprouvait pas de haine envers Sylvia, mais plutôt du dépit pour sa volubilité, mais il ressentait le besoin de lui donner une leçon profonde pour qu'elle se rende compte que dans sa folle vanité, elle avait choisi le pire, méprisant, non seulement son bonheur , mais aussi se sentir protégé. pour un homme entier et honnête comme il était.

CHAPITRE VII

LA SURPRISE DU SAUVETAGE

La nuit, Frank n'arrivait pas à s'endormir. Il était tourmenté par la violence de la situation et se demandait ce qu'il pouvait essayer pour y trouver une solution. Soudain, l'épisode de la fuite du hors-la-loi lui revint à l'esprit. Le sac de cuir fendu par la lanière s'enfonçant dans le ruisseau boueux du Missouri refleurit dans son imagination, et bien qu'il ne soit pas très confiant dans son idée, il projette d'aller le lendemain matin à la rivière et de plonger au fond dans le être capable de localiser le sac.

Elle ne devrait pas avoir trop confiance en lui pour le trouver. La rivière, entraînant les alluvions de source, transportait beaucoup d'eau à l'époque et elle aurait pu l'entraîner Dieu sait où.

Tout dépendait de son poids. Si la majeure partie de l'argent consistait en papier, le sac n'aurait pu résister à la force de l'eau, se laissant traîner comme une bûche ; mais si la majeure partie du contenu était constituée d'or, peut-être son poids excessif l'aurait-il fait s'enfoncer dans le limon de la rivière, où avec plus ou moins de patience il aurait pu être localisé.

Il était irrité par l'idée qu'il était précisément celui qui rendait l'argent à Hamson. Contre tout ce qu'il avançait, la perte devrait lui revenir, mais à défaut de meilleure preuve de son innocence, cela pourrait le libérer de l'injuste calvitie qui pesait sur lui.

Dès l'aube, il monta à cheval, et sans être observé, il se dirigea vers la rivière. Un bain matinal ne ferait pas de mal, même s'il ne trouvait pas ce qu'il cherchait.

Lorsqu'il atteignit enfin le rivage du Missouri, il cessa d'étudier le terrain. Il ne faut pas qu'il se désoriente en cherchant l'endroit le plus proche où le voleur s'est enfui, sinon il perdrait pitoyablement son temps.

Il se souvint enfin d'un détail qui allait le guider à coup sûr. Lorsque le cheval noir raffermissait ses pattes sur le rivage mou, Frank avait remarqué inconsciemment un arbre aux branches tordues, dont le tronc, très bas, se fendait à cinq pieds environ, formant deux bras fourchus qu'ils dressaient droit.

Il découvrit bientôt l'arbre, et se réjouissant, il se déshabilla et sauta dans l'eau.

Le courant n'était pas très puissant. Le Missouri a connu des périodes mouvementées et des périodes où il était inoffensif et même si ce n'était pas encore au milieu de l'été que son courant s'était à moitié tari, le débit d'eau n'était pas pour effrayer un nageur comme lui.

La seule chose qui le dérangeait était de devoir avaler ce liquide sale et boueux qui entraînait la terre arrachée aux berges et les herbes et les branches qui tombaient dans le ruisseau en son sein, mais il ne pouvait l'éviter, et sans hésiter, il fit dans son esprit.

Il a nagé jusqu'à la rive opposée et lorsqu'il s'est retrouvé devant l'arbre, il a coulé avec grâce, cherchant le fond. Dans cette partie, il le trouva à peine à deux mètres, et se déplaçant comme un poisson, il plongea ses mains dans la boue, cherchant anxieusement le sac de cuir.

Lorsque ses poumons contractés n'en pouvaient plus, il montait à la surface avec un talon pour reprendre son souffle et de nouveau il plongeait avec détermination, prêt à ne pas abandonner son projet jusqu'à ce qu'il soit convaincu qu'en fait, le sac ne pouvait pas être dans un espace de trois ou quatre mètres par rapport à l'endroit où il l'a vu tomber. C'était un travail têtu qui prenait une demi-heure de temps. Toutes les deux minutes, il sortait de l'eau en soufflant comme un phoque, le visage et les mains boueux, mais dès que ses poumons revenaient à la normale, il se jetait à nouveau au fond, prêt à ne pas être vaincu par le refus.

Jusqu'à ce que finalement, alors que le désespoir s'emparait de lui et qu'il était prêt à abandonner la tâche épuisante, ses mains butèrent sur un objet, qu'il saisit avec avidité, car l'air s'écoulait déjà, et d'un coup violent, .

Un cri de triomphe s'échappa de sa poitrine lorsqu'il reconnut le sac convoité parmi la couche de boue qui le recouvrait, et nageant avec, il gagna le rivage où il avait laissé son cheval, déjà assez bien de sa jambe tordue.

Il le posa sur le sol, s'assit au soleil, à bout de souffle, et quand il se sentit un peu reposé, il plongea le sac dans le ruisseau jusqu'à ce qu'il soit nettoyé de toute la saleté qui le défigurait.

Puis, il l'examina attentivement. La veste avec les initiales WM et le nom "Banco Ganadero Nirvay" ne laissait aucun doute.

La bouche était fermée hermétiquement avec un fil fin mais résistant et les extrémités du fil semblaient perdues à l'intérieur d'un sceau de plomb écrasé, ce qui empêchait toute violation du contenu.

Quant au poids, même s'il n'était pas excessif, il était assez lourd. Il devait contenir au moins trois ou quatre mille dollars en or et le reste en papier.

Frank était satisfait de la découverte et se demandait quoi faire avec le sac.

Maintenant, il regrettait de ne pas avoir déclaré le détail lorsque le shérif l'a interrogé. Il avait été gardé comme un secret personnel, et s'il le rendait maintenant, à quels commentaires le retour pourrait-il mener ?

Peut-être qu'ils jugeraient qu'il s'était repenti après le vol et que, au prix de la restitution du sac et de son contenu, il a essayé d'éviter que, des enquêtes ultérieures, ils puissent l'accuser plus complètement et l'emmener en prison, et qui savait si il a été pendu.

Sa situation était pire maintenant qu'avant. Il avait la preuve du crime, c'est lui qui seul le savait et avait en sa possession la somme volée.

Une ombre de doute couvrait ses yeux. Il se demandait s'il ne valait pas mieux replonger le sac dans le courant, non pas sur le rivage, mais au centre, là où personne ne pouvait le trouver. Ce serait du capital qui serait perdu à jamais, mais cela ne servirait pas à compliquer davantage sa situation déjà compliquée.

Après un moment d'agonie incertitude, il choisit de se débarrasser de ce sac qui lui brûlait les doigts comme une braise ardente. Il valait mieux laisser les choses telles qu'elles étaient et ne pas les compliquer tout seul.

Si le hors-la-loi avait perdu son sac, tant pis pour lui... mais pourquoi, s'il se rendait compte de la perte, n'avait-il pas essayé ce qu'il avait et était revenu le chercher ?

Puisqu'il s'exposait à tant pour le vol de ce foutu sac, le moins qu'il aurait pu tenter était sa rançon. Cela ne faisait que compliquer ses pensées contradictoires.

Il y avait des détails qui ne riaient pas entre eux et on n'expliquait pas pourquoi.

L'esprit des indésirables n'était pas très subtil par manque d'éducation et d'exercice.

Ils ont commis un crime par cupidité ou nécessité et aucun détail ou danger ne les a arrêtés qu'ils ne pensaient pas qu'ils étaient en mesure de rentrer avec un revolver à la main, et si oui, il n'a pas été expliqué qu'ils n'étaient pas revenus en recherche du trésor, bien que peut-être pas Il l'aurait fait de peur que son poursuivant, voyant que le sac était tombé à l'eau, n'essaie de s'en servir comme d'un appât contre lui s'il revenait le chercher.

Il était déterminé à le remettre à la rivière, quand lorsqu'il l'a pris bas dans ses mains, il a fait pression dessus et il a été suspendu un instant. Le toucher lui avait dit quelque chose de très vague, mais juste assez pour arrêter l'action.

Qu'est-ce que c'était ? Frank se concentra sur lui-même et insista à nouveau pour clarifier de quoi il s'agissait.

Il s'en rendit vite compte. Au-dessus du corps, il avait emprisonné quelque chose de dur "sans doute les cartouches de pièces d'or", mais le toucher s'est rebellé pour l'accepter. La forme de ces cartouches ne semblait pas habituelle dans une telle classe de pièces.

Fébrilement, il continuait à tâtonner dans toutes les directions, et plus il tâtonnait avec les objets durs que contenait le mystérieux sac, plus il était convaincu qu'il ne s'agissait pas de cartouches remplies de pièces de monnaie, pas même de monnaie en vrac. C'était quelque chose de différent qu'il ne pouvait pas analyser.

Et un soupçon subtil remplaça le doute. On disait qu'il y avait beaucoup de détails étranges qui entouraient cet événement et on lui en montra un qui, à son avis, augmentait l'énigme de ce qui s'était passé.

Avec son impétuosité, il attrapa le couteau et l'appliqua sur le cuir pour le déchirer. Il avait besoin de sortir du doute et ce n'était pas un homme qui avait le cran de quitter une situation qu'il pourrait éclaircir un mystère.

Mais l'élan a fait place à un appel de bon sens. Dès qu'il ouvrit le sac pour son propre compte et sans témoins, rien de ce qui pourrait arriver plus tard n'avait de valeur. Tout pouvait être le produit de son inventivité et ce n'était pas quelque chose qui pouvait lui convenir.

La meilleure mesure était de galoper à la recherche de Lang, de lui rendre compte de tout et de mettre le sac entre ses mains, en le prenant à témoin pour l'ouvrir.

Peut-être que le shérif refuserait de le faire, auquel cas il ne serait pas dégoûté et ne le tailladerait pas devant lui, puis invoquerait son témoignage.

Sans plus hésiter, il s'habilla, monta à cheval, et cachant le sac, il se rendit au village.

Lorsqu'il arriva aux bureaux de Lang, Lang était occupé à examiner diverses communications reçues des shérifs des villes qui s'étendaient aux deux divisions. Personne n'avait vu d'étranger chevauchant un cheval noir, car il n'était pas facile pour eux de le voir s'il avait traversé par là.

En découvrant Frank avec une bosse régulière le cachant sous sa veste, il a demandé :

Qu'est-ce qu'il y a, Franck ? Qu'est-ce que tu caches sous ta veste avec tant de mystère ?

"Eh bien... je ne sais pas comment le qualifier, mais vous jugerez immédiatement quand je vous raconterai quelque chose que l'autre jour j'ai gardé exclusivement parce que je pensais que c'était une chose banale qui ressemblerait à quelque chose d'un roman à raconter Vous vous souviendrez que j'allais essayer de trouver des preuves en ma faveur... Eh bien, je les ai trouvées et je viens vous les apporter.

Et ouvrant sa veste, il montra aux yeux surpris du shérif la veste en cuir.

Lorsque Lang réalisa de quoi il s'agissait, il s'exclama :

« Pour cent mille diables, Frank ! Où as-tu caché ça ?

Frank, souriant, répondit :

« Ne me regarde pas comme ça, Lang. Il ne l'avait caché nulle part. Je venais de le secourir d'où il est tombé et il m'a fallu une demi-heure pour avaler de la boue pour le retrouver.

Et, succinctement, il lui raconta le détail de la perte du blouson de cuir qui s'était tu, presque certain que le courant l'avait emporté.

Le shérif prit le sac et examina soigneusement la sangle. En effet, elle était fendue d'une manière particulière et il n'hésita pas à admettre que la balle aurait pu fendre le cuir.

"Eh bien, mon garçon" dit-il "cela peut être décisif pour vous... Je ne nie pas que quelqu'un remette en question la véracité de la découverte, c'est un peu fantastique, mais la réalité est que Hamson récupère ses cinquante mille dollars bien qu'avec ça, le pauvre Jasper ne revient pas à la vie.

"Quelle est ton idée?" demanda Franck.

« Appelez Hamson, donnez-lui le sac et dites-lui comment vous l'avez sauvé.

"Je refuse du tout", répondit fermement le jeune homme. Hamson ne verra pas ce sac... du moins tant que nous n'aurons pas ouvert et examiné son contenu.

"Êtes-vous fou?" Demanda le shérif. Ce n'est pas nous qui le faisons. Le sac a le sceau intact et doit donc être retourné à son propriétaire.

« Le forcer à l'ouvrir en sa présence ?

« Pourquoi, si vous ne voulez pas ? Dès que vous reconnaissez le sac comme le vôtre et êtes satisfait de reconnaître également qu'il semble intact, nous n'avons pas à vous forcer à nous montrer le contenu. C'est à lui et à son affaires.

"Tu le penses? Eh bien, pas moi.

" Parce que ça provoque ?

« Pour un très simple. Avez-vous déjà eu des cartouches de pièces d'or dans vos mains ?

« Pas beaucoup, mais oui parfois. J'étais contremaître de ranch et je gérais beaucoup d'argent au nom de mon employeur.

« Il faut donc reconnaître au toucher ce qu'est une cartouche à pièces et ce qu'elle n'est pas.

"Naturellement.

« Eh bien, s'il vous plaît, sentez-vous attentivement pour ces objets durs que le sac contient et dites-moi si vous pensez qu'il pourrait s'agir de cartouches de pièces de monnaie.

Le shérif intrigué, obéit à la suggestion du jeune homme et après avoir palpé et sondé d'innombrables fois sur le cuir, il murmura doucement :

« Par le diable, vous me faites me demander, Frank ! Non, je ne peux pas dire qu'elles ressemblent à des cartouches à pièces !

« Eh bien, s'ils ne le sont vraiment pas, qu'est-ce qu'il y a dans ce foutu sac ?

« Je ne sais pas, Frank… Je jure que je suis désorienté.

« Pas moi, même si je suis peut-être intelligent. Écoute ça; Hamson a claironné que le sac contenait cinquante mille dollars d'or et de papier, s'il ne les contient pas, que se passe-t-il ?

" Hell's Bells ! Où vas-tu t'arrêter ?

« Simplement, parce qu'alors c'est un crime de fraude.

« Pour cent mille paires de cornes de vache, Frank ! Voulez-vous me rendre fou ?

"Non. Je veux clarifier les choses. Soit il contient ce qu'a déclaré Hamson, soit il ne le fait pas. les possibilités qui s'ouvrent à vous en tant que shérif sont énormes, car dans un tel cas, il ne s'agit pas seulement d'un crime de fraude, mais de quelque chose de plus tragique.

"Je ne comprends pas.

« Vous me comprendrez. Si le sac arrivait à une destination contenant quelque chose qui n'est pas déclaré, quelqu'un devait prendre le blâme pour un changement et ... ce ne pouvait être plus que le pauvre Jasper et si vous ne vouliez pas courir le risque que le sac arrive avec ce qu'il contient, pour éviter bien des complications, dans ce cas... l'intéressé lui-même en sait beaucoup plus que moi sur l'agression de la diligence et la mort de Jasper.

«Pour cette raison, je n'ai pas voulu toucher au sac mais il était devant vous et c'est pourquoi je refuse qu'il soit rendu non ouvert. Moi et avec vous, j'ai besoin de savoir exactement ce qu'il contient.

« Nous pouvons le forcer à l'ouvrir en notre présence... Je vais le forcer.

« Et vous pourriez tout gâcher. Il le fera et dira que ce sac n'est pas celui qu'il a envoyé, que quelqu'un a saisi un sac à la banque et l'a changé. De plus, quand il s'agit de moi, il est capable d'affirmer que j'étais l'auteur de la grosse blague et rien ne peut lui prouver que c'est illégal.

« Mais, Frank… quel intérêt aurait-il à faire une telle chose ? Il est responsable de la perte d'argent et admettant que Hamson avait l'intention de commettre une arnaque, il l'a commise contre lui-même, qui sera celui qui devra payer la perte.

« Vous croyez ? Attendez quelques heures ou quelques jours et vous verrez comment cela n'arrivera pas. Il entend porter la perte sur les dépositaires et ce montant aura été empoché.

« Ne dis pas de bêtises ! Hamson est assez riche pour ne pas commettre cette dangereuse petite chose.

« Eh bien, attendez, dis-je. Lorsque la banque a été cambriolée, vous vous souviendrez que vous avez chargé ce qui aurait dû être volé aux dépositaires. Les intérêts ont été réduits pour couvrir la perte.

"Diable, c'est vrai ! Je ne m'en souvenais pas.

Et maintenant, il fera semblant de faire de même.

« Mais c'est du jamais vu pour un homme riche !

« Vous ne connaissez pas la vérité sur votre argent. Vous pouvez l'avoir et l'ambition de vous perdre, vous pouvez prétendre l'avoir et vous noyer. Vous savez que vous spéculez. Il aspire à être millionnaire, car son rêve en or est d'être sénateur. Dieu sait des moyens qu'il essaie d'utiliser pour l'être.

Mais c'est très grave. Il y a une mort impliquée.

« Parce qu'il y en a, je suis opposé à votre idée.

« Que proposez-vous alors ?

« Ouvrez le sac et vérifiez ce qu'il contient.

"Eh bien. Admettons que ce n'est pas ce qu'il a dit. Que va-t-il se passer ensuite ?

« Rien pour le moment. Toi et moi allons être les seuls à savoir ce que contient le sac. Il est malin et saura éviter le danger, même s'il y a un doute qui flotte.

« Vous construisez sur du sable, Frank.

« Non, et je vous prie d'attendre un peu. Je veux voir où ça respire. Je suis sûr qu'il essaiera d'imputer la perte aux dépositaires.

« Ce ne serait ni légal ni logique.

« Mais il est le maître et il les menacera. Si ça se passe bien, il empochera l'argent, et alors il sera peut-être temps de remonter le contenu du sac.

« C'est difficile pour moi de l'accepter.

"Pas moi. Je pense que le moment est venu de faire des recherches sur les activités financières de Hamson. S'il a subi un échec, mettre la gâchette commettra un autre nouveau scélérat.

"Que pouvez-vous faire?

« Je ne sais pas, mais je promets d'être vigilant. Hamson est ma proie et je suis le hibou qui le détruira.

"Mais la mort de Jasper reste...

« Raison de plus pour attendre. S'il parvient à se soustraire à cette accusation, ce misérable sera sans vengeance. Croyez-moi, Lang, je ne demande pas des fantasmes comme Hamson l'a demandé sur moi. Je demande des réalités.

"Eh bien, je vais attendre un peu, pas longtemps. Je vais garder ce sac où personne ne verra si vos soupçons sont vraiment vrais. Voyons ça.

Frank, avec le couteau, a déchiré le cuir et a jeté le contenu sur la table. Ils se regardèrent tous les deux avec étonnement.

Ils ont trouvé des morceaux de plomb limés pour simuler quelque peu la forme des cartouches à pièces.

Ils étaient emballés dans des morceaux de papier arrachés à des revues illustrées venues de l'Est, revues que personne en ville ne recevait et que seule une personne riche et raffinée pouvait recevoir.

Mais il y avait encore plus ; l'un des lingots bruts était enveloppé dans un morceau de papier blanc. Frank retira le fil et montra le morceau de papier immaculé. Celui-ci paraissait déchiré à la tête, sans doute pour éliminer quelque chose d'écrit ou d'imprimé dessus, mais coupé brusquement, la déchirure ressortit imparfaite et un morceau de ce qui était supprimé ou tenté de supprimer, resta dans la feuille mutilée. Frank le lui montra triomphalement en disant :

« Regardez ces bords, ce sont des lettres inférieures et si vous recherchez une forme de la banque et la comparez, vous verrez qu'elles correspondent à la partie inférieure de l'en-tête.

Lang hocha la tête. L'intuition de Frank lui révélait beaucoup de choses qu'il n'avait jamais imaginées.

— Tu as raison, mon garçon, et je commence à être convaincu que Hamson est un voyou. Je rangerai le sac et nous attendrons de nouveaux développements.

Merci, Lang. Je suis heureux que vous ayez été un homme sensé qui n'ait pas été suggéré par l'influence de ce coquin. Tous les shérifs ne savent pas comment maintenir leur prestige et leur autorité. S'il menace de vous faire remplacer, moquez-vous de lui. Vous êtes assuré de votre réélection pour longtemps.

Et rayonnant de joie des découvertes faites, il quitta les bureaux prêt à se lancer dans le combat. Il pensait connaître Hamson et savait que lorsqu'une idée s'installait dans son cerveau, il était incapable d'y renoncer, pour le meilleur ou pour le pire.

Frank était sûr que le braquage de la diligence avait été prévu pour faire disparaître la veste en cuir, seul moyen d'effacer tout vestige de son habile exploit, mais qui avait commis le braquage ?

Le jeune homme ignorait actuellement les éléments que Hamson pourrait utiliser pour son entreprise. Autrefois, il avait des hommes sans scrupules sur le ranch, comme celui qui s'était donné à affirmer qu'il l'avait reconnu dans ce vol de bétail simulé pour le perdre, mais s'étant débarrassé du ranch, il ne savait pas qui aurait pu être celui de prendre en charge une tâche aussi sale.

Bien sûr, il supposait que la personne existait. Il ne croyait pas Hamson capable de l'exécuter en personne et l'important était de le surveiller jusqu'à ce qu'il trouve quelqu'un de suspect qui était en relation avec lui.

Cela n'était pas considéré comme facile pour le moment. Hamson devait être très alerte après ce qui s'était passé. Son intention de profiter de l'arrivée de Frank pour lui reprocher, s'il n'avait pas totalement échoué, cela ne s'était pas coagulé car il souhaitait secouer tous les soupçons possibles et il resterait vigilant afin de ne commettre aucune glissade qui pourrait lui être fatale. .

La chose incontestable était que quiconque avait agi en son nom devait être protégé et caché par lui dans un endroit sûr et devait être découvert, ainsi que le célèbre cheval noir qui servait à aider le voleur à s'échapper.

Et la tête pleine de projets, il décide d'attendre les nouvelles activités de son ennemi.

★ ★ ★

Les soupçons de Frank furent bientôt confirmés quant aux intentions de Hamson de se débarrasser du danger d'avoir à payer lui-même pour le vol simulé.

Le lendemain matin, un avis signé par Hamson parut à la porte de la Banque dans lequel il convoqua tous les déposants d'argent à la Banque pour le lendemain, pour discuter d'une question de la plus haute importance pour eux.

Les gens, un peu candides, ont supposé que l'ancien éleveur les avait convoqués pour leur faire un compte rendu officiel de l'événement et pour, dans un trait présomptueux, les informer que, ne pouvant faire porter la responsabilité de la disparition sur quiconque touché par le Banque, il a accepté la perte de son propre chef bien qu'il puisse demander de l'aide pour couvrir le déficit.

Frank a lu l'avis en passant et quand il est rentré chez lui, il a dit à son père :

« J'espère que vous me permettrez de venir en votre nom à cette réunion. Je serai reconnaissant.

"Que proposez vous?" Demanda son père avec inquiétude.

« Rien de violent, ne vous inquiétez pas. J'ai l'intention de défendre votre argent et celui de tout le monde dans la ville, même s'ils ne le méritent pas. J'ai la preuve que Hamson essaiera de supporter la perte et je suis prêt à ne pas y consentir.

Le vieux Neil accepta, mais Frank prit soin de ne pas raconter à sa pourriture ce qu'il avait découvert. Il comprenait que moins ils étaient dans le secret, mieux c'était et il aurait le temps de lancer la nouvelle avec la même force qui pourrait lancer une charge de dynamite.

Et avec le contrôle total de ses nerfs, il a attendu l'arrivée du lendemain pour assister à la réunion.

CHAPITRE VIII

FRANK ENTRE EN CONTRE-ATTAQUE

Il serait dix heures du matin le lendemain lorsqu'une cinquantaine de propriétaires terriens, industriels, éleveurs et commerçants de Nirvay et ses environs étaient réunis dans le spacieux hall de la Banque, équipé par ses employés pour une réunion si importante.

La présence de Frank fut accueillie avec froideur et même avec un mépris déguisé, mais le jeune homme, sans apprécier ces manifestations hostiles, trouva place dans les dernières chaises contre le mur et attendit que la réunion commence.

Ses yeux perçants scrutaient la foule, découvrant le shérif et le père de Dennis entre eux, mais pas Dennis, qui ne devrait pas être en mesure de se présenter en public.

Un quart d'heure plus tard, Hamson est apparu élégamment vêtu, dans sa longue redingote noire, son gilet fantaisie plein de broderies voyantes, son pantalon en daim en forme de tube et ses hautes bottes en cuir à éperons.

C'était une tenue mi-héros, mi-cowboy qu'il avait adoptée pour son usage personnel.

Il portait un gros portefeuille sous le bras, et après avoir salué gravement la foule, il se plaça derrière une petite table mise de côté devant les rangées de bancs destinés aux déposants.

Avant de parler, il a examiné les visages de ses clients et une ride profonde a creusé son front lorsqu'il a découvert la silhouette de Frank en arrière-plan. Il souriait légèrement et Hamson n'était amusé ni par sa présence ni par ce sourire menaçant.

Hamson s'éclaircit un peu la gorge avant de se décider à parler et, finalement, d'un ton affecté, dit :

« Mes chers amis, je suis le premier à regretter la raison qui m'a poussé à convoquer cette réunion, mais les événements m'y obligent. Mon plaisir aurait été de t'appeler pour te dire quelque chose d'agréable qu'un jour peut-être pas très loin je pourrai te communiquer, mais pour l'instant, la raison est désagréable et douloureuse.

«Vous savez comme je sais ce qui s'est passé récemment avec la diligence du Missouri. Des hommes sans scrupules ni conscience "et quand il le disait il regardait avec audace Frank" n'ont pas hésité à verser le sang innocent, juste pour convenablement sans risquer des quantités étrangères qui mettent aujourd'hui en péril l'économie de beaucoup d'entre vous.

« Des besoins urgents et licites de la Banque m'ont obligé à confier au conducteur de la diligence un sac en cuir de cinquante mille dollars, pour un transfert qui devait inéluctablement se faire à Marsland, et par des moyens que je ne connais pas, quelqu'un savait ou soupçonné de cette expédition et il a pris d'assaut la diligence, s'appropriant cette somme importante. Je n'ai rien à me reprocher.

« L'opération était légale. Les précautions que j'ai prises sont exquises. J'ai personnellement gardé l'argent dans le sac, je l'ai scellé et remis au chef de la Casa de Postas et j'ai pris soin de le voir dans la diligence après m'être assuré de l'honnêteté du maire. C'était tout ce que je pouvais faire et je l'ai fait. Le reste a été l'œuvre de la chance ou Dieu sait quoi.

"Le fait lui-même est que le fonds commun a subi une telle baisse qui ne m'est pas imputable. Comme la Banque n'a pas son propre capital, mais le capital existant est à vous, étant le vôtre, la perte doit vous revenir.

Un murmure de mécontentement se répandit dans la salle. Hamson, inquiet, se tut d'un geste disant :

«Je comprends que cela soit douloureux pour vous, mais il est également douloureux pour moi de vouloir unir ma chance à la vôtre, en supportant cette perte dans une proportion prudente. Personne ne va réduire le capital déposé dans ma banque. Je ne veux pas que le vol vous cause cette perte, mais il faut trouver une formule qui aidera à combler ce déficit et je suis venu vous proposer la formule.

« J'ai mon capital, qui n'est pas important, également noté dans mes livres de comptes chèques et donc, la perte me touchera aussi et ce que je propose c'est de suspendre le paiement des intérêts pour une durée limitée qui permet la reprise et que même ceux qui peut, augmenter les dépôts avec de nouvelles cotisations qui permettront de combler le déficit en peu de temps.

Ce n'est pas une perte en soi. Votre argent sera toujours garanti par mon honneur, et la renonciation à un petit intérêt n'est pas une perte, puisqu'elle ne diminue pas l'argent que vous m'avez confié.

« Ici, il y a des éleveurs et des propriétaires terriens qui ont des dépôts dans les banques de la région. Pourquoi n'aideraient-ils pas patriotiquement les leurs, en y investissant l'argent déposé chez les autres pour augmenter le volume et aider à combler rapidement l'écart ?

Ce sera une chose temporaire. D'autre part, bien que je ne doive pas parler et bien que je me permette de le faire d'une manière voilée, j'anticiperai que grâce à mes efforts, je pourrai très prochainement vous donner des nouvelles sensationnelles, qui non seulement vous feront heureux, mais augmentera la valeur de tout ce que vous avez. Ce sera quelque chose de grand et de bénéfique et je suis désolé de ne pas en dire plus, car j'en ai déjà trop dit. Il faut se prémunir contre les voleurs d'initiatives, comme contre les braqueurs de diligences.

« J'espère que des hommes comme Jim Powell, qui sera bientôt un parent à moi, des industriels comme James Lawson, des éleveurs comme Ray Prince et d'autres ici présents, soutiendront mon initiative et renforceront le capital de notre Banque, en comblant ce nid-de-poule sans subir une quelconque perte de votre capital.

« Cinquante mille dollars sont vite récupérés avec un régime austère dans l'administration et une augmentation de trésorerie d'environ cent mille dollars qui permettent à la Banque de manœuvrer avec aisance en prêts, hypothèques et avances, sur des garanties solides, avec un intérêt qui nous compense. pour cette perte stupide.

« J'attends l'avis de ceux qui peuvent et doivent le faire pour savoir à quoi m'attendre.

Avant que quiconque n'ait eu le temps de parler, Frank s'est levé et a demandé à le faire.

Hamson, furieux, répondit :

« Vous n'avez aucun intérêt dans cette banque. Votre présence ici est non seulement haineuse, mais inopportune.

"Un instant. Je représente mon père; mon père a son argent déposé ici et je dois veiller sur son argent. J'ai parfaitement le droit d'intervenir en votre nom.

Hamson se mordit la lèvre, et avec un grognement, s'assit.

Frank, regardant le public qui le regardait avec curiosité, commença par dire :

« Quant à mon père, non seulement il ne contribuera pas un seul centime à ajouter aux acomptes, mais il n'admet pas la perte d'intérêt légal.

Hamson se leva dans un basilic, protestant bruyamment, mais Frank, calme et serein, répondit :

« S'il vous plaît, laissez-moi parler. Vous l'avez fait et vous avez été écouté, j'en ai le droit.

Bientôt, il a trouvé un écho dans le public. Il défendait l'argent de tout le monde et ils aimaient son trait.

Franck a ajouté :

« Nous ne savons pas et ne voulons pas connaître le régime interne de votre Banque. Vous avez, de votre propre initiative, envoyé cet argent sans garantie et sans demander l'avis de qui que ce soit et vous n'êtes responsable que de sa perte. Pour nous le charger, il fallait que les dépositaires donnent leur avis dans le processus administratif et que la manière d'envoyer l'argent leur ait été soumise pour approbation. Alors oui, car nous aurions tous été responsables de l'imprudence.

«Une quantité comme celle-ci est envoyée avec plus de garanties. On s'assemble pour garder le dépôt et le défendre, et on ne se livre pas à un pauvre vieillard qui, si brave qu'il eût été, ne pouvait rien contre la surprise.

"Dont vous devriez en savoir beaucoup", a déclaré Hamson.

Disons que je sais tout. Cela ne dit rien, car si ces insinuations stupides pouvaient avoir de la valeur, je paierais de mon cou le crime de l'avoir commis, mais aucun de ces messieurs n'avait à perdre un sou puisque la faute de la perte était la leur.

Hamson, comme une bête acculé, cria :

« J'espère que ces messieurs n'auront pas une opinion comme vous car, si c'était le cas, ils mettraient non seulement en danger la vie de la Banque, mais aussi l'argent déposé.

— Nous en parlerons, monsieur Hamson. Vous avez assuré que la Banque n'a pas de capital. D'où viennent donc les intérêts que vous payez ? Du mouvement de ce capital sous forme de prêts, d'hypothèques, d'achats et de ventes, qui connaît le volume et la performance de l'utilisation de cet argent ? Personne.

" Le Conseil d'administration!

« Le Conseil ne sait rien. Ce sont des hommes de bonne foi, qui ne connaissent pas l'arithmétique et qui se fient à vos paroles et à la masse de papiers que vous leur présentez.

«Je sais avec certitude, et moi, qui crois en avoir le droit, demande qu'afin de vérifier s'il y a bien un danger de faillite, s'il n'y a pas d'intérêt et si l'aide que vous demandez est nécessaire, une commission d'hommes compétents soit nommée pour examiner tous les comptes, bilans et documents de la vie de la Banque, pour donner un avis.

Hamson a mis sa main sur sa poitrine comme s'il avait été frappé avec un marteau. C'était quelque chose qui le blessait profondément, et comme une bête, il rugit :

" Jamais ! Je n'admets pas une telle insulte ! Je suis un homme...

"Un homme comme tout le monde, ou peut-être différent de tout le monde", interrompit Frank, "et si vous êtes si sûr que ce que vous venez de nous dire est vrai et honnête, non seulement vous ne devriez pas vous opposer, mais vous devriez être le premier à fournir ces facilités qui renforceront votre situation et vous gagneront ce soutien que seul un tel examen peut être accordé ou non.

Les mots de Frank ont soulevé une clameur d'approbation de la foule. Il faisait preuve d'énergie devant l'influence pernicieuse du banquier et bien qu'il ne l'accusât de rien, il semblait qu'un soupçon subtil s'emparait d'eux.

Hamson, livide et décomposé, rugit :

" Jamais !! Ces mots, qui ont le moins le droit de les employer ici, sont une insulte si manifeste, une humiliation si répugnante, que je vais leur répondre comme ils le méritent qui ne pourront jamais me rattraper dans moralité et honnêteté.Je retire la demande faite et je ne souhaite rien de personne.

«Je vais perdre ces cinquante mille dollars de ma poche privée et vous toucherez vos intérêts. S'ils sont si égoïstes, ce qu'ils veulent, je n'ai rien à opposer. Il me semble qu'après cela, il n'est pas nécessaire que nous continuions à nous disputer.

Un oh ! d'approbation monta de toutes les gorges. Frank leur avait remporté une bataille formidable qu'ils étaient sûrs qu'ils auraient perdu sans leur intervention, mais à leur grand étonnement, Frank resta calme et recueilli, argumenta :

— C'est la même chose, monsieur Hamson. Peu m'importe si j'y mets cet argent ou pas. Il a brossé un tableau inquiétant concernant l'avenir de la Banque et comme je ne suis pas convaincu que cela puisse se produire, je demande cette enquête.

« J'ai dit que je ne l'admets pas ! J'ai un conseil d'administration devant lequel je rendrai compte. Plus tard...

"C'est la même chose," menaça Frank. Avec et sans le Conseil, je demanderai moi-même, quoi qu'il en coûte si j'y suis obligé plus tard, que l'État vérifie la révision des comptes. Quand vous avez émis un avis, vous pouvez continuer à m'accuser si vous voulez, non seulement de vol mais de calomnie, il en est de même pour moi. Puisqu'il ne vous a pas été possible de me faire condamner pour le premier, je veux vous donner l'opportunité de me faire condamner pour le second.

Hamson, furieux, est descendu de la table en essayant d'attaquer Frank.

Il cherchait le revolver pour lui tirer dessus, mais les participants à la réunion tumultueuse l'ont coupé, l'empêchant de le faire, tandis que Frank, parfaitement calme, souriait sinistrement, réfléchissant à l'effet que ses déclarations incisives avaient causé sur le banquier.

Hamson a été traîné de force hors des lieux, mais l'éleveur, rougi comme l'armoise, a hurlé :

« Je vais te tuer, Frank ! Tu es mon ombre noire depuis longtemps et je ne suis pas un homme qui permet à quiconque de m'ouvrir des fosses en chemin.

La réunion s'est interrompue de manière spectaculaire et Frank a été parmi les derniers à quitter la banque.

A la porte, le shérif l'attendait. Franck a demandé :

« Quelle impression en avez-vous retiré, Lang ?

« Voulez-vous que je vous le dise sincèrement ? Eh bien, Hamson a plus peur d'une enquête à la Banque que de voir son plan de saisir ces cinquante mille dollars contrecarré.

« J'en étais convaincu. Maintenant, il ne peut pas être lâché. La ruine plane sur tous les habitants du village et il faut l'éviter.

" Comment?

"Je ne sais pas. Je ne vous ai pas menacé en vain. Je vais demander cette intervention, mais je vais laisser passer quelques jours pour voir comment il réagit. Malgré tout, je ne veux pas mettre en péril l'argent de tout ça troupeau crédule qui m'a méprisé et insulté si méchamment.

Lang inquiet, marmonna :

« Je ne suis pas calme, Frank. J'ai peur, quelque chose d'étrange de la part de Hamson. Je ne le crois plus comme l'homme qu'il paraissait. Vous n'essayez pas un coup aussi désespéré pour récupérer cinquante mille dollars et ensuite les abandonner. Si vous en avez un besoin urgent, il ne vous est pas possible de les verser à la Banque ; et s'il n'y contribue pas... qu'a-t-il fait de sa fortune personnelle pour avoir besoin de telles ruses ?

« Je ne sais pas et je serais heureux d'avoir un indice à savoir. En tout cas, je compte ne pas le perdre de vue. Je dois l'espionner pour voir quels sont ses projets. Je soupçonne qu'une crise tragique est à venir.

"Faites attention. S'il a l'air perdu, il est capable de vous tirer dessus.

«Je vais essayer de ne pas lui donner une chance.

Ils se séparèrent. Frank rentra chez lui pour rapporter à son père ce qui s'était passé lors de la réunion, et Lang, très inquiet, retourna à ses bureaux.

Ce même après-midi, quelque chose est arrivé que Frank n'aurait pas soupçonné. C'était en partie une coïncidence, mais cela pouvait aussi avoir influencé le hasard afin que l'événement n'ait pas à être forcé.

Frank était parti se faire réparer des étriers à la sellerie du village, quand, traversant la rue principale, il fit face à Sylvia. La fille marchait sérieuse et nerveuse et semblait chercher quelque chose avec ses yeux d'une manière angoissée.

Frank, incapable d'éviter la rencontre, a essayé de s'éloigner du côté opposé de la route, mais quand elle l'a vu, elle a semblé respirer avec soulagement et traversant résolument, elle lui a fait signe de s'arrêter.

Il obéit en se raidissant, et la jeune fille, d'un ton suppliant, s'écria :

« Frank, j'aimerais te parler un instant.

« Personne ne t'arrête, Sylvia. Je t'entends.

« Non... Je ne veux pas que ce soit ici en public. Voulez-vous me rencontrer dans une demi-heure au pré de Willy ?

" Pourquoi pas ? Je serai tout ce que tu voudras, mais je suis assez bien élevé pour ne pas rabaisser une femme. Je t'attendrai là-bas.

Et lentement, il se dirigea vers le lieu du rendez-vous. Une prairie à l'écart de la ville et protégée par des arbres luxuriants et une haie de bordure, qui le cachait encore plus à la vue de ceux qui descendaient à cet endroit.

Lorsque Sylvia, toute rouge, apparut dans le pré, Frank, incapable de contrôler l'émotion provoquée par le fait de pouvoir parler seul avec la femme qui avait tout constitué pour lui, s'exclama :

« Eh bien, vous direz ce que vous avez à me demander.

La jeune fille, après un moment d'hésitation nerveuse, s'écria suppliante :

« Frank, pour tous les saints, qu'as-tu prévu de faire ?

« Que veux-tu dire, Sylvie ?

« Votre attitude envers nous. Que recherchez-vous et que voulez-vous ?

«Je crois que rien qui n'est pas légal et légal. Je devrais poser cette question à ton père et... toi-même.

« Je ne t'ai rien fait de mal, Frank.

"Non. Sauf que tu m'as traité de manière agressive quand j'ai dit la vérité sur ce qui s'est passé avec la diligence.

Elle baissa les yeux, confuse, en marmonnant :

"Peut-être que tu as raison. Je ne me souviens pas exactement de ce que je t'ai dit, mais... j'étais nerveux à cause du coup subi par mon père...

"Et c'est pourquoi tu as mis en doute mon honnêteté, toi qui la connaissais mieux que quiconque...

"Frank... je... ils m'avaient dit des choses que... il vaut mieux ne pas les répéter... tu n'avais pas laissé une affiche très propre quand tu étais absent... ils t'ont accusé...

« Ton père m'a seulement accusé et tu sais pourquoi. Je n'étais pas l'homme dont vous rêviez. A cette époque, il était un pauvre ouvrier dans son ranch et bien que mon père possédait un entrepôt assez précieux et que je puisse développer l'entreprise n'importe quel jour, tout cela ne suffisait pas.

«Votre épouser un homme honnête et honnête capable des entreprises les plus audacieuses dans le cadre de la loi, cela ne valait rien. Il avait besoin d'une marionnette pour vous, ce qui ne valait même pas la peine de vous défendre, mais cela n'avait pas d'importance ; Que vous soyez à la merci du premier qui voulait vous offenser, n'avait aucune valeur à côté de la poignée de dollars qu'il pouvait apporter à leurs entreprises.

«Et toi... tu as oublié notre véritable amitié, notre amour naissant et fier d'une éducation qui ne sert à rien ici car avec elle, au sein de cette ville de gens honnêtes mais simples, tu n'es qu'une chose exotique à laquelle tu dois mettre de côté , tu t'es imprégné des bêtises de ton père et tu t'es rendu à la vanité et à l'orgueil. Il est très possible que vous soyez très heureux avec Dennis, plus heureux qu'avec moi, mais, heureux, de quelle manière ? C'est ce que j'aimerais savoir.

Elle, qui l'écoutait troublée, murmura :

«Je ne serai pas content avec lui, car nous avons rompu nos relations.

Les yeux de Frank s'écarquillèrent à la déclaration et répondit :

« Que dis-tu ? As-tu désormais osé provoquer la colère de ton père en s'opposant à ses projets ?

« Je ne sais pas ou m'en soucie. C'est une question intime. Je n'aimais pas beaucoup Dennis, ai-je admis, parce qu'il avait l'air d'être un bon garçon et parce que quelqu'un, ça devait être mon mari un jour, mais les choses qui se sont passées m'ont profondément blessée. Je n'ai pas tenu compte du fait que vous l'avez frappé le soir du relais de poste. C'était une surprise pour lui, mais j'ai dû tenir compte de ce qui s'est passé ensuite. Il a fait preuve de courage, a promis de laver l'offense reçue et ... il a sombré plus profondément dans le ridicule qu'il était.

« Plus tard... je ne sais pas... quelqu'un m'a dit qu'il n'avait pas combattu avec la noblesse... et l'homme qui n'est pas noble pour se battre, n'est pas noble du tout... Mais c'est le moindre des il. Les affaires de mon cœur ne comptent pas, et je ne suis pas non plus venu vous en parler. Tu m'as forcé et je pense que j'ai été stupide de te le dire. C'est arrivé à autre chose qui m'intéresse plus.

Frank est devenu défensif. Il se passait des choses qu'ils considéraient comme très importantes pour l'avenir et il devina que Sylvia, quand il s'y attendait le moins, allait être un obstacle à ses plans.

"De quoi s'agit-il?" Il a demandé.

« De mon père. Il est fou, Frank. Vous l'avez insulté et humilié à l'infini. Ce matin, vous avez essayé de saper son crédit et sa réputation, faisant allusion à des accusations sans fondement qui l'ont rendu fou. Frank, par notre vieille amitié ! le mettre dans des transes si pénibles

« A-t-il hésité à me faire passer pour d'autres plus terribles ? Lui seul a été la cause que toute la ville me regarde avec méfiance et m'accuse sottement d'un événement dont je suis propre et pur. Je suis un homme qui ne s'est jamais teint les mains avec du sang innocent.

Je ne suis pas un meurtrier ou un tireur comme toi et il m'a appelé. Je manie le revolver, car c'est la garantie de ma vie comme celle de beaucoup dans ces climats, où la vie des hommes n'a pas d'importance, et je me défends. J'ai combattu plusieurs fois, mais toujours avec noblesse. Pas plus tard qu'hier, j'ai pu tuer cette marionnette en légitime défense et je n'ai pas... Pourquoi dois-je payer avec une devise différente de celle qu'ils utilisent pour me payer ?

« D'un autre côté, je n'ai rien fait d'autre que de rejeter une suggestion de votre père qui nuit à mes intérêts et de lui demander de rendre compte de la façon dont il gère notre argent. Est-ce une infraction?

"Pour ceux qui ont la conscience tranquille...

"Celui qui l'a, ne s'y oppose pas et est heureux que son honnêteté brille. Une chose est l'amour-propre et une autre est la loyauté.

« Bien, mais il a proposé de perdre cet argent. Que voulez-vous de plus?

«Pourquoi va-t-il le perdre s'il ne le devrait pas? Et si vous devez le perdre, pourquoi vous opposez-vous à montrer vos cartes face visible ?

"Oh !... Tu ne comprendrais pas, Frank. L'affaire est délicate. Je te parle en ami... Mon père n'a rien pris à personne, mais en ce moment, il a un projet colossal dans son mains qui seront une agréable surprise pour la ville. Chose très grande et bénéfique dont il ne peut s'expliquer, car s'il échouait cela détruirait tout un travail laborieux qui lui procurera un profit fabuleux et fera de sa Banque, le Banco del Poblado, l'un des plus importants de la région.

« C'est pour ça et rien d'autre qu'il a peur de se mêler à son entreprise pour le moment... C'est une question de jours. Dans peu de temps, il assure que l'affaire sera finalisée et qu'il n'y aura plus de danger connu. Frank, je ne te demande pas de ne pas défendre la tienne... Je te demande juste de retarder cette affaire de quelques jours. Alors vous pouvez le faire et il est le premier à être satisfait.

" Tu penses?

"Je suis sur et certain.

« Savez-vous de quelle entreprise il s'agit ?

"Non. Il n'a voulu le dire à personne... pas à moi, mais il assure que c'est une grosse affaire.

« Et que m'offre-t-il en échange de lui donner ces facilités ?

«Ce n'est pas lui, mais moi qui te le demande. Il ne vous demanderait rien même s'il savait qu'il coulait pour toujours.

« Alors, qu'est-ce que tu proposes ?

" Rien ! J'aurais honte de savoir que vous m'aviez acheté ou vendu la faveur.

« C'est très dans la famille Hamson de demander et de ne pas donner. Un égoïsme pur dont vous ne pouvez pas vous débarrasser. Votre père n'hésiterait pas à me pendre pour un crime que je n'ai pas commis, mais il profiterait de ma bêtise si je l'aidais dans ses projets... Et vous, de sa même caste, le secondez.

Elle se hérissa furieusement :

" Qu'en savez-vous ? Je ne seconde pas. C'est mon père et je fais ce que je peux pour lui. Vous ne connaissez pas cette étape de la mienne ; si je le savais, j'aurais le plus gros bouleversement de ma vie avec lui.

" Oh bien sûr ! Je t'accuserais d'avoir défendu un tireur, un braqueur, un meurtrier et un voleur, mais si je lui donne des facilités, il en profitera et continuera à essayer de me perdre. Ton père est un ange des finances.

« Arrête ça, Franck ! J'ai pensé qu'au nom de notre ancienne amitié je pourrais vous demander cette petite faveur, mais je vois que vous êtes trop méchant pour le faire. C'est la même chose, je n'insisterai pas davantage et j'accepterai ce que toi ou le destin voulez m'apporter.

Elle, les yeux embrumés par des larmes rebelles qui peinaient à apparaître, se retourna pour partir, mais Frank, saisi d'un désir fou de cet amour qui n'était pas encore mort dans sa poitrine, courut vers elle, la saisit par les bras et mordit les mots en les prononçant, il hurla :

« Je vais le faire, Sylvia, je vais le faire et le diable ne me compte pas qu'avec ça je manque à mon devoir et un jour tu comprendras que c'était le cas ! Je le fais, parce que malgré tout je t'aime encore comme je t'ai aimé quand je suis parti et parce que j'étais revenu ici poussé par cet amour qui est plus fort que ma volonté. Je ne veux rien en retour, pas même un amour qui ne serait qu'une charité ou une rancune.

«Je le ferai par vanité, pour satisfaire cet amour insensé que je garde encore dans ma poitrine et qui sera ma ruine, mais je le ferai et quand les choses qui doivent arriver seront arrivées, alors je partirai encore et essayer d'oublier qu'il existait une femme qui était autrefois ma gloire et qui ne constitue plus que mon enfer.

Et comme un fou, il s'enfuit de son côté, la laissant abasourdie et confuse.

CHAPITRE IX

LES DENTS DU CEPO

Une fureur sans précédent s'empara de Frank après la scène violente avec Sylvia. Elle avait été emportée par une envie irrépressible en faisant une promesse insensée et maintenant elle n'avait d'autre choix que d'être fidèle à sa parole. Eh bien... je l'accomplirais.

Il donnerait à Hamson une marge de temps pour régler sa situation, une marge qu'il pourrait utiliser pour chercher de l'argent et offrir à une enquête une normalité fictive qui cesserait dès que l'impression serait passée, mais il ne quitterait pas sa main et ne le regarderait pas. à son meilleur. les moindres détails, de suivre ses traces et d'essayer de découvrir quelles étaient ses machinations.

N'étant pas d'humeur à parler à qui que ce soit, le lendemain il monta à cheval, et laissant le cheval trotter à volonté, il quitta la ville par collines et clairières, traversant sentiers et ruisseaux et filtrant à travers forêts et coupes sans s'en rendre compte.

Soudain, il réalisa qu'il s'était trop éloigné du village. Au moins dix milles à l'est, sur la route opposée à celle qu'il avait empruntée à son retour en ville.

C'était près de Thedford, ville qui faisait aussi partie de la route, à très courte distance du Missouri.

Il se tenait au sommet d'une colline à l'ombre agréable d'un groupe d'arbres qui le protégeait du soleil du matin féroce, quand, jetant un coup d'œil au chemin en dessous de lui, à une distance d'une centaine de mètres, il découvrit un cavalier galopant à un trot rapide, et quelque chose était familier à ses yeux quand elle le découvrit penché sur l'encolure du cheval.

Cette silhouette, un peu obèse et trapue, cette silhouette grossière, sans grâce, était celle du corps de Hamson, bien qu'il ne portait plus maintenant son imposante redingote noire, ni sa veste griffée, mais une veste en cuir, un chapeau de cowboy et du bleu pantalon rentré dans le bas de ses hauts leggings.

Machinalement, Frank recula son cheval, se mettant mieux à couvert derrière les arbres jusqu'à ce qu'il laisse passer Hamson, puis, intrigué de le voir partir dans une telle direction, décida de le suivre discrètement.

Quand il a estimé qu'il ne pouvait pas le voir, il est descendu de la colline et a mis son cheval au trot, mais il s'est séparé du chemin et le long d'un chemin accidenté, a suivi la même direction, jusqu'à ce qu'un quart d'heure plus tard, il a réussi de le découvrir au galop sur la route. .

Une demi-heure plus tard, ils étaient en vue de Thedford, et Frank devina qu'il y ferait son voyage.

Le plus difficile était de le suivre à l'intérieur de la ville. Très probablement, il le découvrirait, auquel cas son plan d'espionnage échouerait, mais comme il n'y avait pas le choix, il décida de tenter sa chance.

Lentement, il entra dans le village, les yeux fixés devant lui, à la recherche du cheval de Hamson, mais il avait dû s'infiltrer dans une rue transversale, lui faisant perdre sa trace.

Agacé, il décida d'effectuer une inspection dans tout le centre et se promena dans les rues et les ruelles, jusqu'à ce que, lorsqu'il déboucha sur une place spacieuse, il découvrit la monture du banquier.

Elle se tenait devant la porte d'un immeuble de deux étages, une belle construction moderne en briques, sur la façade de laquelle une pancarte annonçait :

« HTEL TEXAS »

Frank a prudemment laissé son cheval à l'embouchure d'une rue voisine et s'est approché avec précaution jusqu'à ce qu'il se trouve devant l'entrée de l'hôtel. Ce n'était pas seulement un bâtiment moderne et confortable, mais l'hôtel était peut-être le plus luxueux de tout ce côté de la région.

La porte vitrée tournait des deux côtés, et derrière un grand hall bien décoré révélait le bureau d'accueil, ainsi qu'un élégant escalier qui partait du bas pour glisser en forme de spirale se tordant à droite et à gauche.

Par les fenêtres, il découvrit plusieurs clients de l'hôtel, qui par type prétendaient être des éleveurs d'un excellent statut, des marchands bien habillés et quelques individus en vêtements exotiques, que Frank classa rapidement comme des joueurs professionnels.

De quel genre d'hôtel s'agirait-il et qu'aurait à y faire Hamson ?

Après un moment d'hésitation, il se décida à pénétrer. Il demanderait une chambre et essaierait de profiter de cette situation étrange.

Il se dirigea vers le comptoir et demanda une chambre pour dormir. Le commis le regarda un instant avec méfiance, comme s'il ne le jugeait pas digne de vivre dans un tel établissement, mais il devait avoir respecté le poulain que Frank balançait négligemment de la main droite, le lui montrant plus que comme un objet curieux comme une menace à ne pas mépriser.

— C'est trois dollars, dit le greffier.

Frank, sans protester contre l'abus, a déposé le montant demandé et le greffier a demandé :

« Votre nom ? Ne le choquez pas, c'est une obligation de l'inscrire dans le livre d'inscription ; sinon, nous ne sommes pas curieux.

« Billy Parker, ça va ? Franck a répondu.

"Magnifique. Signez ici.

Et il lui offrit le livre où il venait d'estampiller l'imagination patronymique de Frank.

Il jeta un coup d'œil au registre, mais n'y découvrit pas le nom de Hamson.

"Au deuxième étage, chambre n°20. Prenez-vous un bain ?

"Parfois," répondit Frank avec humour. Quels autres conforts pouvez-vous m'offrir ?

« Vous avez un bar au premier étage et si vous avez quelques dollars à dépenser, vous avez une salle de récréation.

« J'adore cet hôtel et je pense que je vais rester plus longtemps. Bien que je ne sois pas en grande tenue, ne pensez pas que je suis sans papiers. Je suis venu ici précisément parce qu'un de mes amis de Nirvay m'a recommandé cet hôtel avec grand intérêt.

« De Nirvay ? Demanda le greffier. Je ne sais pas, nous avons des clients là-bas...

"Bien sûr. C'était M. Hamson, le banquier. J'ai un excellent compte dans votre banque.

« Oh ! Il aurait dû le dire plus tôt … M. Hamson … Attendez! Je pense que mieux que la chambre numéro 20, vous aimerez la chambre 32. Elle a une belle fenêtre donnant sur la place.

"Merci. Maintenant, je vais à Nirvay. Quand je verrai Hamson, je lui dirai que j'ai été très bien soigné.

Le commis fit un clin d'œil malicieux et répondit à voix basse :

"M. Hamson est là. C'est arrivé il y a longtemps.

"Diable, j'aime ça ! Où est-il maintenant ?

"Chist...! Il est avec la dame...

"Ah ! Déjà...! J'aurais dû m'en douter...

« Je ne sais pas s'il va rester. Il n'était pas venu depuis quelques jours et la dame était déjà impatiente.

« C'est naturel. Pensez-vous qu'il serait inapproprié de le faire pour le voir ?

"Je pense que oui. Il n'aime pas être vu. Quand il vient, il reste avec la dame et ils discutent de l'évolution de l'affaire. Puis il part et ne se présente jamais dans la salle de jeux.

"Entendu. Un homme de sa position ne peut pas faire certaines expositions... Ce ne serait pas grave...

Bien sûr, vous comprenez. L'hôtel est très bien, c'est le meilleur du nord-ouest du Nebraska, mais... vos ennemis vous accuseraient de faire partie d'une entreprise où le jeu est l'attraction principale. Alors s'il ne t'en a pas parlé, tu ferais mieux de ne pas le voir.

« Je pense que je vais suivre vos conseils. Hamson est un bon ami à moi et à mon père, mais bien sûr, son sérieux... sa fille... Dis-moi, où est-il pour fuir son chemin.

« La dame occupe les chambres du fond dans le couloir à droite du premier étage.

"Merci. Je vais nettoyer un peu puis descendre à la salle de jeux. Là à Nirvay, c'est dégoûtant, tu ne peux pas jouer les éperons car ils te critiquent tout de suite.

« Eh bien, ici, vous pouvez jouer jusqu'au poulain, ne vous inquiétez pas.

Frank laissa un dollar sur la table pour le commis, et satisfait des rapports recueillis, il se dirigea vers les escaliers pour monter dans la pièce qui lui avait été désignée.

Mais lorsqu'il atteignit le rez-de-chaussée, il jeta un coup d'œil pour se convaincre qu'il n'était pas vu et s'avança hardiment dans le couloir, en direction de la chambre qui, selon le greffier, appartenait à « la dame ».

S'avançant sur la pointe des pieds, il atteignit la porte et se pencha indiscrètement en appliquant son œil droit sur le trou de la serrure.

A travers le petit trou, il ne pouvait voir qu'un lit en bois luxueusement habillé et une petite commode ovale en miroir, le reste qu'il ne pouvait distinguer par manque d'espace visuel.

Il pouvait entendre une rumeur de conversation sans pouvoir préciser un mot, ce qui le mettait en colère. Il aurait abandonné ses cinquante mille dollars juste pour savoir de quoi ils parlaient.

Quelque chose obscurcit un instant la vision du lit qu'il regardait. C'était une silhouette féminine qui s'était tenue devant le trou de la serrure.

Frank a pu admirer un type de femme un peu mûre en âge, mais magnifiquement conservée. Elle était blonde, grande, mince, aux bras morbides et aux mains fines et polies, aux doigts desquelles brillaient plusieurs anneaux. Il avait de magnifiques yeux verts changeling et des cheveux outrageusement blonds qu'il fallait teindre.

De sa tenue, elle ne pouvait distinguer qu'une veste en velours bleu ciel, avec de la dentelle au col et le départ de la taille d'une jupe noire. Il admirait également un médaillon orné de pierres précieuses qui pendait de sa magnifique gorge.

La dame faisait des gestes avec colère et Frank détourna les yeux du trou de la serrure pour appliquer son oreille.

De sa position, il était capable de saisir clairement quelque chose qu'elle disait :

« Désolé Wilfred, mais les choses ne se sont pas bien passées pendant cette période. L'hôtel a beaucoup de dépenses et il y avait peu de clients et les rares qui sont venus ne risquaient pas de jouer dur. C'est très cher comme vous le savez malheureusement et deux coups de fortune contre notre roulette m'ont à nouveau déséquilibré. J'ai besoin de cet argent sans faute ou je devrai fermer.

Franck attendit. Une voix masculine a dit quelque chose d'inintelligible et puis, qui parlait, a dû avancer parce qu'il pouvait l'entendre dire :

« Je t'avais prévenue, Martha tu m'as coûté cher et justement le moment est très mauvais pour moi. Il faut faire tout ce qu'il faut et attendre quelques jours. Justement je suis venu en croyant que vous pourriez me laisser un peu d'argent pour régler une affaire de grande urgence... C'est bien que ça ne peut pas être, mais ne demandez pas un sou de plus pour l'instant. Ce n'est pas possible, je le jure !

Frank se retourna. Il avait semblé entendre des pas et s'aventurait trop loin. Il avait reconnu la voix de Hamson, et avec ce qu'il entendait, il en avait assez pour savoir à quoi s'attendre.

Il revint sur ses pas et descendit dans le hall.

Le commis servait deux nouveaux clients et ne l'a pas vu partir.

Sans perdre de temps, il quitta la place, monta à cheval et, au grand galop, se dirigea vers le Nirvay. Il prévoyait des événements décisifs à venir et voulait s'y préparer.

Arrivé en ville, il s'est rendu directement dans les bureaux du shérif pour lui rendre compte de ce qu'il avait découvert. Lang l'écouta avec étonnement, et dans un chaos de confusion, il demanda :

« Que déduisez-vous de tout cela, Frank ?

"N'est-ce pas clair ? Hamson entretient à ses dépens cet hôtel de luxe et les caprices et le luxe de son propriétaire. Les choses vont mal et il y enterre plusieurs milliers de dollars. Cela explique pourquoi il a été contraint de simuler le vol du cinquante mille dollars et ce ne sera pas tout seul. Elle le presse de plus d'argent et je l'ai menacé de demander une révision des comptes qui pourraient être l'avance de sa ruine. Je serai bien trompé s'il ne tente pas un nouveau coup bref, plus désespéré que le précédent.

« Que pouvez-vous essayer ?

« Je ne sais pas, mais il faut être vigilant, Lang. N'oubliez pas qu'entre les mains de Hamson se trouvent les économies et le petit capital de beaucoup de gens, qui seraient plongés dans la ruine. Je ne sais pas jusqu'où les dépositaires ont évité d'y tomber jusqu'à présent, mais si on lui laisse le temps de tenter un autre coup, la catastrophe sera certaine.

« Je n'imagine pas comment nous allons pouvoir l'éviter.

« Je garde juste un œil sur Hamson. Aujourd'hui, j'ai découvert votre parcours par hasard, mais comme vous l'avez essayé, je tenterais autre chose. Seuls vous et moi sommes dans le secret et vous et moi devons monter la surveillance en nous le partageant. Ce sera un travail difficile, mais peut-être pas long.

"Eh bien, je suis d'accord avec votre idée. Comme je dois aller aux bureaux pendant la journée, vous serez chargé de surveiller pendant ce temps, et la nuit je ferai ma ronde. Je crois comme vous que Hamson doit essayer quelque chose de décisif pour résoudre ce nid-de-poule et en sortir.

D'accord, Frank a quitté les bureaux, une idée qui lui trotte dans la tête. Il lui était venu à l'idée de précipiter les événements et il allait le faire immédiatement.

Il passa la journée à rôder discrètement autour de la petite maison de Hamson, cachée par des dépressions envahies par la végétation, et fut sévèrement torturé en découvrant à deux reprises Sylvia dans le petit jardin, l'une arrosant les plantes et l'autre assise dans un jardin. banc, en lisant un magazine.

La vue de la fille aigrit ses pensées. Il se demanda ce qu'elle deviendrait, lorsque son père aurait dû se déclarer en faillite, et pire encore, ce qui se passerait si le fier banquier commettait une nouvelle action infâme qui l'amenait au bord du gouffre.

Dans d'autres circonstances, il aurait pu soulager sa douleur et même s'occuper de son avenir, mais maintenant, que pouvait-il essayer, si cet amour naissant qui les avait unis il y a des années était mort dans son sein ?

C'était un tourment pour Frank de penser à Sylvia et à son avenir, mais il ne pouvait rien faire pour empêcher sa ruine.

Le bien-être de nombreuses personnes dans la ville était entre ses mains et son devoir lui dictait de ne pas tous les sacrifier juste pour sauver quelqu'un à qui il ne devait rien, mais c'étaient des moments difficiles et une situation anormale et cruelle.

La nuit venue, il aperçut un cheval qui, faisant un détour pour ne pas entrer dans le chemin général, arrivait à la petite maison. C'était Hamson qui revenait sombre et d'une humeur d'enfer.

Sylvia, inquiète, a voulu sonder son humeur, mais le banquier n'était pas prêt aux confidences. Il se borna à dire qu'il venait d'avoir eu un entretien avec quelques-uns de ceux qui préparaient le grand projet qu'il avait en main et que certaines difficultés étaient apparues qu'il avait dû étudier pour les résoudre.

Et sans même lui donner pied pour calmer ses nerfs en lui communiquant la promesse qu'il avait arrachée à Frank, il s'enferma dans son bureau et dut renoncer à le voir et à lui parler ce jour-là.

Le lendemain matin, Hamson s'est présenté à la banque. Sa soirée, qui dura tard dans la nuit, avait été jusqu'à un certain point fructueuse, car il en était venu à la conclusion de certains plans qu'il ne devrait pas tarder à mettre en œuvre.

Là, il a écrit une lettre qu'il a envoyée avec un de ses employés à la ferme du père de Dennis. C'était une lettre très étudiée, dans laquelle il lui demandait un prêt privé de dix mille dollars, avec la promesse d'en faire le remboursement huit jours plus tard.

Il s'est justifié de son engagement à payer les cinquante mille dollars manquants à son propre compte et sans compter ce montant en espèces à l'époque, il a dû mener des négociations pour la vente de titres privés, percevoir ladite somme et l'inscrire dans le fonds de la banque.

Hamson attendait la réponse avec impatience. Beaucoup de choses dépendaient du succès de sa lettre qui le rendait nerveux et inquiet.

Il attendait la réponse, quand quelque chose d'inattendu se produisit qui le fit pâlir d'angoisse.

Un de ses employés venait de lui remettre un chèque de dix mille dollars, somme que Ted Neil, le père de Frank, avait déposé à la Banque et que le vieux commerçant à l'instigation de son fils, réclamait en annulation de son compte courant en la Banque.

Hamson, furieux, ordonna que Frank soit emmené dans son bureau, et lorsqu'il le confronta, il s'écria furieusement :

« Qu'est-ce que tu t'es proposé, Frank ?

« Récupérez simplement l'argent que mon père a déposé ici. Vous en avez besoin pour une affaire urgente et comme c'est la vôtre, je pense que personne ne peut vous refuser.

"Bien sûr que non, mais... ce retrait de votre compte courant est très choquant. Avez-vous décidé de ruiner la Banque ?

« C'est la même chose pour moi, mais si cet argent a été déposé ici, il doit être ici et je ne pense pas que cela constitue une ruine.

« Peut-être pas, mais vous savez comment fonctionnent les banques. L'argent est déplacé pour produire et n'est pas toujours dans la caisse. Des actions sont achetées, des prêts sont consentis...

« Oui, mais vous ne me direz pas que tout l'argent est utilisé, et s'il l'est… donnez-moi son équivalent en titres facilement vendables et sans perte. Mon père a besoin d'argent.

« Aujourd'hui précisément ?

«Aujourd'hui précisément.

« Tu ne peux pas attendre deux jours ? J'ai donné un ordre de vente de titres et j'ai passé des ordres d'annulation de prêts. Je veux tout rassembler pour qu'il soit dans la boîte, quand vous vous arrangerez pour que cette inspection humiliante soit faite.

« Désolé, mais je ne peux pas attendre. Ce doit être aujourd'hui précisément.

Hamson transpirait comme un damné. Il ne voulait pas se débarrasser d'un seul dollar, et le prétexte de Frank bouleversait terriblement tous ses plans.

Désespérément, il a lutté avec Frank pour obtenir un délai de deux jours de sa part, mais le jeune homme intransigeant est resté énergique dans sa réclamation.

Non seulement il ne voulait pas donner de répit au banquier, mais il craignait que cet argent, tout le produit de nombreuses années de travail de son père, ne disparaisse sans aucun moyen possible de le sauver.

La discussion a été interrompue par la présence d'un des employés porteur d'une lettre. C'était la réponse du père de Dennis.

Hamson, le pouls tremblant, déchira l'enveloppe et regarda à l'intérieur, poussant un soupir de soulagement. A l'intérieur, il avait découvert des billets de plusieurs milliers de dollars. En colère, sans demander la permission, il lut avec impatience le contenu de la lettre. C'était froid, bien que poli.

L'éleveur Powell lui a dit qu'il avait répondu à sa demande plus que de lui faire une faveur personnelle, d'aider ses voisins à garantir leurs intérêts, mais il n'y avait rien de cordial entre eux après l'incident qui avait causé tant d'ennuis à son fils, étant plus lamentable l'attitude méprisante de Sylvia.

Hamson a maudit mentalement la décision de sa fille de rompre avec Dennis, mais rien ne comptait pour elle maintenant. C'était une affaire qui appartenait au passé, et le présent montrait des facettes qui l'éloignaient de ses projets à des millions de kilomètres.

Il leva la tête et quand il vit le regard froid de Frank il eut un abcès de rage, et sortant les billets, il les jeta sur la table en rugissant :

" Prendre ! Et donc cette somme sert de poison à ton père et à toi ! Tu as proposé de me couler, mais tu n'y arriveras pas. Hamson est plus fort et plus intelligent que vous tous réunis. Vous avez là votre argent et un jour vous regretterez cette attitude harcelante.

"Peut-être, mais... Je ferais mieux de regretter cela que d'avoir laissé mon père perdre ses économies.

Hamson, féroce, se leva en criant :

« Sortez d'ici, tireur agressif ! Vous utilisez votre habileté à manier le revolver et mes années pour me menacer. Ton argent! Penses-tu que j'allais rester avec lui ?

« Je ne peux plus y croire, puisqu'il m'a été rendu. C'est plus en réparation, je m'empresserai de communiquer la nouvelle à ceux qui attendent le résultat de cette gestion. Je leur dirai que vous êtes un homme sérieux et solvable, que vous honorez vos engagements et qu'ils peuvent procéder au retrait de leurs acomptes, sûrs qu'ils ne s'opposeront pas à un droit aussi légitime.

Et avec un salut comique, il quitta le bureau.

Hamson se raidit à la menace. S'il s'y conformait, et que les dépositaires commençaient à affluer à la fenêtre, seul le contenu de son revolver, bien appliqué sur sa tête, pourrait résoudre la situation.

Et craignant de devoir recourir à une telle mesure, il s'empressa d'ordonner à ses employés d'avertir quiconque viendrait chercher de l'argent, qu'il était parti et qu'ils ne pourraient retirer des fonds que le lendemain. C'était la seule chose qu'il pouvait faire pour gagner du temps, le temps qui l'écrasait.

CHAPITRE X

CORRÉLÉ

Hamson avait compté non seulement arrêter le coup d'État jusqu'au lendemain, mais jusqu'au lendemain, puisque le lendemain était dimanche, et étant un jour férié, personne ne pouvait l'obliger à enfreindre les préceptes en ouvrant les bureaux. Il avait presque deux jours de répit ; Deux jours qui, bien utilisés, pourraient lui être très utiles et il a consacré toute son énergie à les utiliser.

A une heure, il a ordonné à ses employés de quitter le travail. Un seul fermier s'était présenté pour cinquante dollars, et Hamson s'était empressé d'ordonner qu'il soit payé, car la somme n'était pas digne d'alarme.

Lorsqu'on le laissa seul, il se referma à l'intérieur de la banque et se mit fiévreusement à vérifier le décompte des espèces dans les caisses. Il avait besoin de chaque centime et de la dernière valeur en gage et il n'avait pas l'intention de laisser autre chose que les murs de la banque et les papiers d'un futur travail inutile.

Quand il a tout réuni, il l'a soigneusement emballé dans un grand sac en cuir et l'a enfermé dans son bureau. Hamson était décomposé et enragé contre Frank, qui l'avait matériellement coulé, contrecarrant un grand projet qu'il avait, d'avoir économisé sur son compte non seulement les premiers cinquante mille dollars manquants, mais un autre montant similaire.

Maintenant, il ne pouvait plus compter sur des astuces. Il a été harcelé et sur le point d'être découvert et a dû profiter des quelques heures de liberté qui lui restaient pour fuir avec les pauvres miettes qu'il lui restait.

Il ne pouvait plus compter sur les dix mille dollars qu'il avait si traîtreusement pris à Powell. Ce démon Frank, dont il aurait aimé se débarrasser avant de s'enfuir, avait été plus malin que tous, devinant sa situation financière et ne se souciait plus de ce qui se passait, mais de ce qui pourrait arriver. Si les soupçons de Frank allaient plus loin, peut-être que même s'enfuir ne pourrait lui être d'aucune utilité.

Mais il devait essayer. Sa situation était franchement affligeante. Cette femme de Thedford l'avait conduit d'une manière rapide et angoissante jusqu'au bord du précipice, et ce qu'il regrettait le plus était que ce sacrifice n'allait pas le servir même à la préserver, car maintenant il serait obligé de fuir très loin d'éviter que les griffes de la Loi ne lui fournissent un logement indéfini, très antagoniste à celui dont il avait joui jusqu'alors.

Un instant, la vue de sa fille le perturba. Il ne pouvait pas l'emmener avec lui, car elle serait un obstacle et un danger ; Il ne pouvait pas non plus lui rendre compte de sa situation qu'il n'y avait aucun moyen de justifier plus qu'en révélant la vérité, à laquelle elle a résisté en raison d'une trace de modestie, et elle a dû la laisser à sa volonté sans moyens de fortune et seulement avec cette petite ferme que même elle ne pouvait pas la sauver lorsqu'il s'agissait de liquider la faillite.

Mais l'instinct de conservation était plus fort que tout autre sentiment. Dans tous les cas, fuyant ou restant, la situation de Sylvia serait la même, et lui, en revanche, ne profiterait pas de la possibilité de se sauver.

Le destin l'avait arrangé ainsi et c'est ainsi qu'il devait l'accepter, qu'il le regrette ou non.

Lorsqu'il n'y avait plus d'argent à collecter, il faisait une revue des livres et des papiers et choisissait les plus compromettants, ainsi que des justificatifs de comptes courants. Il ne laissait rien de valeur derrière lui mais c'était l'immeuble, mais si avec leur valeur ils entendaient effacer le déficit au prorata, il laisserait un schisme puisque personne ne pourrait justifier ce qu'il avait déposé.

En milieu d'après-midi, il quitta la Banque par le dos, prenant garde de ne pas être vu. C'était l'heure où les ouvriers du ranch commençaient à affluer vers la ville et il ne voulait pas être vu par eux.

Heureusement, l'arrière de la Banque donnait sur une ruelle peu fréquentée, et choisissant d'autres aussi solitaires qu'elle, elle atteignit les faubourgs et se dirigea vers sa ferme.

Une fois là-bas, il entra dans le hangar où il gardait sa poussette et cacha la veste en cuir sous le siège. Plus tard, il ramassa quelques objets et papiers dans son bureau qu'il ne voulait pas tomber entre les mains du shérif et se dirigea vers le salon, où Sylvia brodait dans des pensées très sombres.

Le banquier, plein de joie, s'approcha d'elle, et après l'avoir embrassée, dit :

« Écoute Sylvia, je suis sur le point de finir une bonne affaire. Vous savez que j'ai fait allusion à quelque chose à son sujet ; Eh bien, je vais vous dire de quoi il s'agit, afin que vous vous rendiez compte de son ampleur et que vous m'aidiez à répondre à un petit besoin qui nécessite votre coopération. Des travaux colossaux vont bientôt commencer pour profiter des eaux du Missouri et créer une zone d'irrigation pour toute la vallée, une nouvelle branche de chemin de fer qui fera disparaître cette ancienne ligne de diligences du Missouri, et une centrale électrique qui donnera du fluide et de l'énergie. à la région.

« Le projet est génial, mais les concurrents qui veulent nous battre par la main sont derrière. Quelqu'un a soupçonné que je suis un agent important dans le projet et ils me surveillent pour que, à ma connaissance, je puisse atteindre les grands capitalistes qui financent les travaux et aujourd'hui justement, je dois partir d'ici pour tenir le dernier et dernier entretien avec eux, mais je soupçonne que quelqu'un est après moi pour découvrir de qui il s'agit et entraver le projet à leur profit.

"C'est pourquoi j'ai besoin de votre aide pour marcher et tromper quiconque veut m'espionner.

« D'accord papa, mais qu'est-ce que je peux faire ?

« Je vais te le dire. Tu vas monter dans le cabriolet auquel tu vas accrocher deux bons chevaux et comme si tu allais faire un tour, tu l'emmènes dans la forêt à cinq kilomètres d'ici, près de la rivière. savoir où il se trouve, car nous avons pris un goûter certains après-midi, ensemble dedans.

«Attachez un cheval de plus devant vous et lorsque vous êtes dans la forêt, vous le débloquez, cachez le cabriolet et revenez monté à cheval. Si quelqu'un te voit partir puis revenir sans le concert, tu dis qu'une roue s'est cassée et que tu me cherches.

"C'est un accident très courant que les gens vont croire. Quand tu seras revenu, toi et moi sortirons à cheval comme si nous allions à la recherche de la voiture endommagée. Quand nous nous verrons ensemble à cheval, personne ne se doutera que je sors avec l'intention de partir en voyage et ils ne s'inquiéteront pas pour nous.

«Quand nous atteindrons le gig, je partirai avec lui et tu reviendras un peu plus tard avec ton cheval et le mien, puis, si quelqu'un te le demande, tu dis que j'ai arrangé pour arranger le gig et tu t'enfermes dans la ferme.

« Très bien, papa, je le ferai, mais où vas-tu ? Tu ne me dis jamais rien.

« Cette fois, je vais te le dire, idiot. Je vais au parc Rita.

« Vous allez vous absenter longtemps ?

« Non. Je pense que je serai là dès lundi pour ouvrir la Banque. Ne vous inquiétez pas et dépêchez-vous.

La jeune femme obéit, et descendant au hangar, elle attela les trois chevaux et partit pour l'endroit indiqué, prête à exécuter à la lettre les instructions de son père.

Frank, qui, embusqué dans son observatoire, ne perd pas de vue la petite maison, voit Sylvia partir avec la poussette dans laquelle il ne découvre personne et se demande où elle irait. Mais comme elle se rendait au village en calèche et l'emmenait parfois monter à cheval, il ne s'effraya pas.

Seule l'impulsion de sortir à sa rencontre pour l'accompagner l'accabla, mais son devoir de veiller sur Hamson, dont il se méfiait de plus en plus, l'arrêta.

Trois quarts d'heure plus tard, il découvrit un cavalier qui rentrait à la chaumière, et ses yeux perçants reconnurent Sylvia, ce qui l'effraya, car il revenait sans la voiturette.

Une impulsion imparable l'obligea à quitter son observatoire, et faisant un détour pour friser la sensation d'espionnage, il sortit à la rencontre de Sylvia.

Elle fit un geste de mécontentement, mais le regretta rapidement, et baissant la tête, elle essaya de passer à autre chose.

Frank passa son cheval en demandant :

"Sylvia, comment vas-tu à cette heure, seule par ici ? Il fait nuit et...

« C'est le compte de quelqu'un ? Je suis sorti faire un tour en buggy et une roue s'est cassée à environ trois kilomètres d'ici. Je viens chercher mon père pour m'accompagner pour la réparer.

« Pourquoi vas-tu le déranger ? Un banquier au ventre et aux mains polies ne peut s'abaisser à de tels devoirs. Je peux...

"Merci. C'est notre récit et mon père n'a pas oublié qu'il était éleveur, croyez-le ou non.

« D'accord, je vois que tu n'aimes pas les faveurs que tu ne demandes pas. Quant aux autres...

« C'est la même chose pour moi. Je suis désolé de ne vous en avoir demandé aucun et je vous décharge de l'accomplir. Je ne l'ai même pas dit à mon père parce que je sais qu'il le rejetterait.

« D'accord, malgré cela, je ne vais pas le faire. La parole d'un homme est parole.

« Merci… désolé, mais je suis pressé.

Et éperonnant le cheval, il trottina vers la chaumière.

Frank n'a pas été surpris par l'accident. Une roue se cabre facilement, mais il était curieux de savoir si Hamson pourrait venir en personne pour réparer le chariot.

Lorsqu'il perdit Sylvia de vue, il retourna dans sa cachette. Il verrait si le banquier sortait avec sa fille et attendrait Lang. La nuit était à nos portes et le shérif a dû le remplacer.

Il n'a pas fallu longtemps pour voir que Sylvia lui avait dit la vérité. Peu de temps après, la jeune femme et le banquier, tous deux à cheval, se croisèrent dans le doux crépuscule du soir sous le regard aigu de Frank.

Il n'a rien observé de particulier chez l'éleveur. Il portait une veste en cuir et un pantalon gris avec des bottes hautes et portait un sac sur le cou de son cheval qui devait contenir des outils de pansage.

Frank ne voulait pas bouger de son observatoire. Les suivre était très exposé, car la voie était ouverte et après avoir déjà vu Sylvia, il serait suspect de se montrer à nouveau à leurs yeux.

Une demi-heure plus tard, Lang est arrivé et Frank a réalisé ce qui s'était passé.

« Tu soupçonnes quelque chose, Frank ? » Demanda le shérif.

"Pas vraiment. Je l'ai vue sortir avec la poussette et revenir sans elle. Maintenant, les deux sont partis à cheval. Je ne pense pas que Hamson essaiera quoi que ce soit avec sa fille comme traînée. C'est peut-être un incident imprévu. Je ne pense pas qu'il nous faudra longtemps pour le vérifier.

"Eh bien, si tu veux, tu peux y aller.

"Non. J'attendrai qu'ils reviennent. Je ne veux pas te laisser seul sans cette assurance.

L'attente a été longue. L'accident devait être grave ou les capacités de Hamson très faibles et Frank commençait à s'impatienter avec un léger doute.

« Si vous prenez un quart d'heure de plus, j'essaierai de vous localiser, je ne suis pas sûr maintenant que tout cela soit une chose naturelle.

Lang a laissé entendre :

« Si Hamson soupçonne qu'il est surveillé, il ne l'est peut-être pas.

« C'est ce que je ne sais pas avec certitude, mais au cas où, je ne le laisserai pas prendre d'initiatives. Il est intelligent et un désespéré comme lui doit être attentif à toutes les éventualités.

Dix minutes plus tard, ils attrapèrent le trot des chevaux et se cachant dans les bois, Frank dit :

« Là, ils reviennent, mais... il me semble qu'ils reviennent sans le concert. Peut-être ont-ils dû renoncer à l'arrangement.

De plus, lorsqu'à la lumière de la lune qui commençait à apparaître claire et ronde dans la plaine, ils découvrirent les deux chevaux et seulement Sylvia sur l'un d'eux, Frank lança un juron.

« Ray ! Cela ne sent pas bon pour moi, Lang... Elle avec les deux chevaux, Hamson ne rentre pas ni le buggy non plus. A-t-il été utile de déclencher la fuite ?

— Tu dois le découvrir, Frank. Si nous sommes négligents et que nous le laissons atteindre le fossé, nous pouvons dire au revoir à lui tendre la main.

Frank n'attendit pas plus longtemps, et jetant son cheval par-dessus la haie, il sortit à la rencontre de la jeune femme.

En colère, elle arrêta le trot du cheval et cria :

« Est-ce que tu m'espionnes, Frank ? C'est très suspect que...

« Suspectez ce que vous voulez, c'est la même chose pour moi. Où est ton père ?

"Réparer le concert.

" Où?

" Qu'est-ce que ça vous fait ? N'importe où.

Frank la secoua avec colère par le bras en hurlant :

" Stupide ! Vous jouez le jeu de la plus grande méchanceté qu'il ait jamais commise dans sa vie et il en a commis beaucoup. Vous l'aidez à fuir pour toujours vous et la ville.

"Mensonge!" Elle rugit d'indignation. " Je sais où ça va et où c'est ! Tu es un méchant.

« Et toi, un obtus. Votre père est en faillite, il a détourné les fonds de la Banque, il a truqué un vol d'un sac avec cinquante mille dollars qu'il n'avait pas déposé dedans, comme nous le démontrerons en son temps et comment il est amené à devoir rendre des comptes car cet argent qui est Il a été mangé par une joyeuse femme de Thedford, comme je vais aussi vous le montrer, fuyez.

«Ton père est un méchant qui non seulement s'est ruiné et il t'a ruiné, mais il a volé toute la ville et c'est lui et personne d'autre que lui qui a volé la scène et tué Jasper pour récupérer le sac contenant du plomb, et prétendre que son contenu a été volé.

Sylvia ne put résister au coup terrible que lui portaient ces accusations énergiques, et avec un cri d'agonie, elle se pencha sur l'encolure du cheval et se roula sur le sol, où elle était sans vie.

Frank se précipita à son secours, et Lang, furieux, cria :

« Bon, vous l'avez fait ! Vous lui avez donné un coup mortel et maintenant nous ne pouvons pas savoir où est passé ce crapaud.

— Mais nous le trouverons, Lang. Nous le trouverons, même s'il va en enfer lui-même. Un cabriolet ne galope pas ce que deux chevaux aiment le nôtre. Aide-moi. On va laisser cet idiot dans sa ferme et on va partir sur les traces de ce cochon. Il a été très intelligent, mais il n'a pas eu Frank Neil.

Frank monta à cheval et Lang souleva le corps de Sylvia, le lui tendant pour qu'il le place devant lui. Alors il sauta en selle de sa selle et prenant en charge les deux chevaux, ils trottèrent jusqu'à la petite maison, qui n'était pas loin.

Frank a frappé à la porte de la clôture, et peu de temps après, le jardinier est apparu. Frank, sans descendre de cheval, s'écria :

« S'il vous plaît, prenez soin de la dame. Il s'est évanoui en rentrant et est tombé de cheval. Je pense que ce ne sera pas une question de soins, mais il était commode qu'ils la couchent et partent à la recherche du médecin du village. Je suis sûr que vous en aurez besoin.

Il a remis le corps de la jeune fille, a laissé les deux chevaux verrouillés à la porte, et face à Lang, a dit :

" Va?

« Bien, mais attendez que je passe d'abord aux bureaux. La poursuite peut être longue et difficile et nous n'y sommes pas préparés. Il vaut mieux perdre un quart d'heure de plus que de devoir abandonner complètement plus tard.

À un trot démoniaque, ils se dirigèrent vers la ville, s'arrêtant devant les bureaux. Lang se prémunit des munitions, d'un autre revolver et du fusil, fournit des projectiles à son partenaire et met des conserves dans un sac. Il a également pris deux gourdes d'eau et deux couvertures.

« Allez, Frank, dit-il, maintenant on peut galoper jusqu'à la ligne de partage sans s'arrêter faute de précautions.

Au hasard, ils prirent le chemin que Sylvia avait ramené. Ils ne savaient pas dans quelle direction ils s'étaient dirigés, mais leur instinct les avertit que le chemin le plus court et le plus sûr pour Hamson était la ligne de démarcation.

CHAPITRE XI

LA CATASTROPHE

Il faisait déjà nuit et l'obscurité n'était pas une bonne alliée pour pouvoir localiser rapidement les empreintes du banquier. Un doux clair de lune bleuâtre illuminait faiblement le paysage et sa lueur était trop faible pour pouvoir enregistrer le terrain.

Ils devaient faire confiance un peu au hasard. Pour le moment la route était celle du Nord, mais personne ; il savait où il aurait pu dériver, soit vers le Missouri, soit vers le Lupp, afin de se défaire de toute poursuite.

Le premier obstacle qui se présenta devant eux fut la petite forêt où Sylvia cacha le cabriolet pour revenir à la recherche de son père. Frank ne croyait pas que c'était caché en lui, mais voulut y jeter un œil avant de continuer, et arrêtant le cheval, il mit pied à terre.

Peu de temps après être entré, parmi les arbres, il a découvert quelque chose qu'il considérait comme un bon indice. Hamson avait laissé le petit sac d'outils qu'il avait pris à la ferme pour justifier son départ.

Fort de ce détail, le jeune homme fouilla attentivement le sol et découvrit bientôt les traces des roues du buggy marquant son roulage vers l'Ouest.

"Vas-y!" dit-il au shérif. Hamson doit continuer vers le chemin général » et il lui raconta ce qu'il avait découvert.

Alors qu'ils coupaient le sol pour rejoindre le chemin, un tintement lointain leur parvint aux oreilles et du haut où ils marchaient, ils découvrirent les lumières blanches de deux lanternes mobiles.

"C'est là que va la scène du Missouri!" Lang a prévenu.

« Il quittait la ville quand nous.

La lourde carcasse était devant eux et ils furent bientôt hors de vue.

« Pensez-vous qu'il osera suivre la voie générale ? Demanda le shérif.

"Je soupçonne que non. Vous ne voulez pas être vu. Si vous suivez la même direction, vous essaierez de le faire à travers des endroits peu visibles et nous essaierons de suivre un chemin similaire.

A travers prairies et champs, traversant parfois des terrains accidentés, ils suivaient sans en découvrir une trace. Bien qu'ils galopent régulièrement, ils n'ont pas réussi à rattraper le fugitif.

Frank se sentait nerveux. Il craignait de s'être perdu et savait qu'une erreur était de donner à Hamson la possibilité de filtrer à travers l'une des deux divisions.

Ils étaient à environ cinq milles quand Lang montra une haie en disant :

— J'y vois une étrange bosse, Frank. C'est quelque chose qui sort des buissons.

Ils ont dérivé vers lui et alors qu'ils s'approchaient, Frank a prêté serment. Caché dans la haie, le buggy abandonné est apparu. Les chevaux n'étaient pas là, mais la voiture y était.

"Ça ne pouvait pas aller très loin", a assuré le jeune homme. Ces chevaux ne sont pas bons pour les longues courses.

Il scruta à nouveau le terrain et sa vue perçante trouva des traces de sabots se dirigeant vers la route.

« Allez, dit-il, il a dû essayer de passer de l'autre côté. Vers le Missouri.

Ils galopèrent, mais avant d'atteindre le chemin, ils découvrirent un cheval solitaire broutant dans l'herbe.

"C'est l'un de ses chevaux", a déclaré Frank. Où est l'autre ?

"Entre ses jambes", a assuré Lang. Il n'allait pas partir à pied.

"Bien sûr que non, mais... je ne suis pas convaincu. Avec ce penco, il ne peut même pas se rendre à Seneca, combien plus à la frontière.

Soudain, il se frappa le front et rugit :

« Galop Lang ! Nous devons réaliser la diligence.

" Parce que?

« Vous ne vous en doutez pas ? Hamson est intelligent comme l'enfer. Il a dû sortir de la scène pour le monter. Il calculera que pendant que nous perdons notre temps à le chercher dans la voiture ou sur les chevaux, la diligence lui aura pris deux heures de la ligne de partage. Allez, Lang !

Et au grand galop, ils descendirent le chemin, en route vers la ville voisine.

★ ★ ★

Les soupçons de Frank n'étaient pas infondés. Hamson avait tout calculé à la minute près et était sûr de réussir dans cette entreprise posthume et désespérée.

Sur la route, posté, il attend que le véhicule passe et le fait s'arrêter.

Il a affirmé avoir reçu un avis d'urgence pour se rendre à Marsland et par des raccourcis il avait réussi à atteindre le véhicule sans attendre celui qui, deux jours plus tard, traverserait la ville.

Il est monté sur la loge avec le maire, à qui il a donné un bon pourboire et lui a raconté son histoire. Il devait déposer dans ladite ville une quantité importante et échelonnée de ce qui s'était passé dans la précédente, il voulait le garder en personne.

Le maire, peu au courant de ce qui s'était passé à Nirvay, ne soupçonna rien d'extraordinaire et accepta de laisser le banquier monter avec lui sur la caisse.

Hamson, soulagé de l'angoisse qui l'accablait, plaça le sac entre ses jambes et s'assura que le revolver glisse facilement hors de son étui.

Il était prêt à se défendre jusqu'au dernier moment, même s'il était presque certain que sa manœuvre tromperait ses ennemis et que lorsqu'ils voudraient réaliser sa fuite, il serait loin du Nebraska.

Vers neuf heures, ils arrivèrent à Sénèque, où il fallait changer l'attelage de chevaux et les voyageurs auraient une heure pour dîner à la cantine de la Casa de Postas.

Hamson a refusé de descendre. Il avait mangé et n'avait pas du tout appétit, et ainsi, tandis que le surveillant et les voyageurs descendaient pour reprendre des forces, il resta en haut de la caisse, gardant son sac et fixant son dos pour ne pas être surpris.

Les palefreniers changèrent les chevaux, laissant le véhicule prêt pour le départ, et alors qu'une demi-heure ne s'était pas écoulée depuis leur arrivée, Hamson subit un sursaut terrible.

Il entendit le cliquetis du galop de quelques chevaux avançant dans le sentier qu'il avait laissé derrière lui, et se retournant avec colère, il jeta un coup d'œil par-dessus.

Peu de temps après, il prononça un terrible serment. Il avait reconnu les chevaux et avec eux Lang et Frank.

Il ne faisait plus aucun doute qu'il avait été découvert et comme un ours acculé, il regardait partout.

Il n'avait qu'une chance de s'enfuir et il ne la dédaignait pas. Il saisit les brides des quatre chevaux de trait à portée de ses mains et, faisant claquer le fouet, il força les bêtes à démarrer rapidement.

Le véhicule, comme une exhalaison, culbutant terriblement, glissa sur le chemin poussiéreux, et le rugissement de sa marche et le tintement fou des cloches alarmèrent le surveillant, qui, sortant de table, se dirigea en trombe vers la porte en criant :

« Les chevaux s'échappent, ils s'échappent !

À ce moment, Lang et Frank arrêtèrent leurs montures en sueur à la porte du bureau de poste, et Frank, face au contremaître effrayé, demanda :

" Qu'est-ce qui se passe?

"Le diable qui sait... La calèche se tenait là pendant que nous dînions et tout à coup elle a démarré...

" Seul?

« Oui... c'est-à-dire non... M. Hamson de Nirvay était sur la boîte... il va...

Frank ne l'a pas laissé finir ; il propulsa son cheval en avant en criant :

« Lang, galop, c'est à nous !

Et laissant le maire encore plus surpris, ils ont disparu dans un nuage de poussière à la poursuite de la diligence.

Il était perdu au loin comme un fantôme dans la poussière, mais Frank et Lang faisaient confiance à leurs chevaux et étaient sûrs de le rattraper.

Une lutte terrible s'engagea entre le véhicule et les braves montures. Hamson, fou, les fouettait sans pitié, les forçant à donner leur maximum, et de temps en temps il tournait la tête avec angoisse, réalisant avec terreur qu'au lieu de souffler le vent, il perdait du terrain.

Fou de rage, il abandonne les rênes et sort son revolver. Avant de se laisser prendre, il mourrait les armes à la main et tenterait de chasser ses ennemis.

Tiré à l'aveuglette. Le projectile siffla devant Lang et Frank, et Frank se précipita pour répondre, tirant sur le chariot.

Hamson ne se souciait plus de conduire le véhicule. Avec sa poitrine reposant sur le bord de la partie supérieure et sortant la tête, il a tiré férocement sur les deux coureurs et ils ont reproduit ses tirs en essayant de l'atteindre.

La voiture, sans direction, était comme un météore roulant au hasard. Un énorme nid-de-poule le fit vaciller, étant sur le point de jeter le banquier hors de lui, mais il s'accrocha désespérément au sommet et réussit à garder son équilibre, mais il ne put empêcher le sac de cuir avec le produit de son vol, fut jeté sur la route.

Hors de son esprit, il regarda, impuissant, Lang s'arrêter pour le ramasser, puis se débattit pour rejoindre son partenaire dans la poursuite de la poursuite tragique.

Et ainsi, dans ce concours, terrain dévorant, le véhicule a poursuivi sa course fantastique, maintenant à travers des terrains accidentés et dangereux et les deux coureurs, durs et obstinés, ont suivi la diligence prête à éclater leurs montures plutôt que d'abandonner la chasse.

Soudain, une catastrophe inattendue se produisit. La lourde carcasse, volant plus vite que de rouler sur le chemin ouvert au bord d'un talus, s'écarta. L'une des roues du côté gauche s'est détachée de son essieu lorsqu'il a trébuché sur une falaise et le véhicule s'est penché vers ce côté, restant un moment dans une attitude instable, jusqu'à ce que sous son propre poids il s'enfonce dans le vide, traînant derrière lui vers les chevaux et le fou Hamson.

Lorsque Lang et Frank, livides de surprise, ont pu retenir leurs montures et regarder par-dessus la falaise, ils n'avaient rien à faire. La voiture gisait au fond à plus de vingt mètres de haut, complètement brisée.

★ ★ ★

Le soleil était assez haut lorsque Lang et Frank, avec les traces de la terrible journée sur leurs visages, entrèrent dans Nirvay, se dirigeant directement vers le domaine de Hamson.

Ils allaient annoncer à Sylvia la terrible nouvelle, et Frank, pris d'une angoisse irrépressible, fut effondré lorsqu'il réfléchit à la situation dans laquelle se trouvait la jeune femme.

Celui-ci, pâle et nerveux, les reçut, essayant de paraître serein et demanda en tremblant :

« Puis-je savoir ce qui vous amène dans cette maison ?

Frank, visiblement ému, s'écria :

« Sylvia, je suis désolé d'avoir de terribles nouvelles pour toi, mais ça ne sert à rien de te les cacher. Votre père est mort.

Elle poussa un cri terrible, et serrant sa veste, gémit :

« Frank ! Toi... tu l'as tué !

"Non, Sylvia. Il n'aurait pas pu le faire, pas pour lui, mais pour toi... Sa folie, son ambition et sa folie l'ont tué; écoute et tu sauras bien des choses que tu ignores.

Et succinctement il raconta tout sans omettre aucun détail.

Elle l'écoutait entre des sanglots d'angoisse infinie, et quand Frank acheva l'histoire, elle s'écria :

« Oh mon Dieu, quelle honte ! Mon père un...

"Écoute, Sylvia" interrompit Frank "si tu veux, personne n'a besoin de savoir. On peut dire qu'il est mort dans un accident. Pendant qu'il attendait à la poste, les chevaux se sont déchaînés et l'ont jeté par-dessus la falaise. Lang est prêt à endosser ce mensonge blanc... pour vous et moi.

"Pourquoi toi, Frank ? Mon père a été ton ennemi et il t'a fait beaucoup de dégâts. Maintenant je le réalise.

« C'est vrai, mais il a déjà payé pour ses fautes et vous n'avez rien à voir avec elles.

— Mais j'ai mal agi avec toi, Frank. J'ai été influencé par ses paroles et ses conseils et j'ai cru... Mon Dieu, je ne me pardonnerai jamais !

« Mais je te pardonne, Sylvia. Je le dois, car malgré tout... Je t'aime toujours comme alors ou peut-être plus. Je ne suis venu qu'avec l'espoir de pouvoir sauver ton amour et je n'en désespère toujours pas.

« Et vous, seriez-vous capable de rejoindre... la fille d'un escroc ?

« Que m'importe ce qu'il pourrait être, si vous ne l'êtes pas ?

« Oh, Frank, tu es très bon, tellement... que j'ai honte de t'entendre... je... je... t'aimais, je t'aimais toujours malgré Dennis... mais mon père...

"Oublie ça, Sylvia. S'il est vrai que tu m'aimes toujours comme alors, tout peut s'arranger.

" Comment ? Mon père a dilapidé l'argent de la banque. Il est en faillite et cela ne se cache pas...

"Je pense que oui. Sylvia. Ici, dans ce sac, nous avons économisé une partie de ce qui a été pris, j'ai retiré dix mille dollars hier à mon père, que je peux avoir, mais j'ai aussi cinquante mille à moi, avec eux nous peut faire face à la situation, ouvrir la banque, assister aux plus péremptoires et étudier comment réorganiser son fonctionnement. Je suis prêt à travailler comme une bête pour faire renaître l'entreprise. Je n'ai jamais rêvé de diriger une banque, mais je me considère apte à il.

"Mais...

« Ne vous opposez pas. Vous êtes le seul héritier de votre père. Si nous nous marions, moi, en tant que votre mari, je dois m'occuper des affaires. Nous vous remettrons à flot, nous renforcerons la confiance des voisins et nous serons heureux. Le temps est un calmant pour la douleur et une bonne éponge pour effacer des faits que le vent emporte peu à peu. Avez-vous quelque chose à objecter ?

« Rien, Frank, sauf que je me considère indigne de cette affection et de ce sacrifice que vous essayez pour moi. J'étais une femme frivole qui s'est laissée séduire par le mirage de la grandeur et de l'apparat, et maintenant la réalité me met devant les yeux la terrible vérité.

« Bien, mais cela peut aussi s'effacer. Oubliez que vous êtes allé dans une école comme celle-là et repensez aux jours heureux où vous étiez la fille d'un éleveur et j'étais un péon dans votre ranch. Alors nous retournons à vivre cette vie, qui est la nôtre, le vrai Occident, le reste peut être laissé comme un rêve.

Elle se jeta dans ses bras en sanglotant :

« Merci Frank, je veux qu'il en soit ainsi. Que cela soit oublié comme un rêve terrible et que ce bonheur que tu m'apportes et que je ne pense pas mériter ne soit pas un rêve.

FINIR